图书在版编目（CIP）数据

中国杂文百部．现代部分．第 7 卷．柯灵集 / 柯灵著；刘成信主编. -- 长春：吉林出版集团股份有限公司，2014.9
　　ISBN 978-7-5534-5470-2

　　Ⅰ．①中… Ⅱ．①柯… ②刘… Ⅲ．①杂文集—中国—现代 Ⅳ．① I26

中国版本图书馆 CIP 数据核字（2014）第 210986 号

柯灵集
KELING JI

出 版 人	吴文阁
作　　者	柯　灵
主　　编	刘成信
责任编辑	金方建
封面设计	梁文强
开　　本	650 mm × 950 mm　1/16
字　　数	80 千字
印　　张	12
版　　次	2015 年 1 月第 1 版
印　　次	2020 年 5 月第 1 版第 3 次印刷
出　　版	吉林出版集团股份有限公司
发　　行	吉林音像出版社有限责任公司 吉林北方卡通漫画有限责任公司
地　　址	长春市泰来街1825号　邮　编：130062
电　　话	总办公 0431-86012893　发行科：0431-86012770
印　　刷	三河市华晨印务有限公司

ISBN 978-7-5534-5470-2-02　　　　　定　价：28.50 元

版权所有　侵权必究　举报电话：0431-86012893

《中国杂文》(百部)
总　序

刘成信

一

人类的文学艺术,源远流长,丰富多彩。随着社会的推进、发展,其分门别类日益精细——从最初的歌曲、舞蹈、神话、故事等逐步演绎出诗、散文、小说、戏曲。直到上个世纪初,科学技术与文学艺术融合,又有了电影、电视剧等。

有一种文学艺术虽然在中国问世两千余年,由于后人未给予"名分",以致到二十世纪初,才从文学艺术谱系中分野出来,这就是古老而年轻的杂文。

人类和自然界大体都遵循适者生存的法则萌芽、生长与消弭。两千多年来,杂文本应与小说、诗、散文、戏剧、音乐、电影等姊妹艺术一道,繁花似锦、根深叶茂。然而,它没有像先贤们渴望的那样,而是纤弱,时生时灭,时有时无,同其他汗牛充栋的文学艺术作品相去甚远。

二

时序到1915年,中华文学艺术宝库迎来新曙光,一个精灵出现了——杂文在多灾多难的中华大地,被一些先知先觉的知识分子接受了!

杂文这个新成员一俟来到华夏，其特性便与众不同——首先是符合社会发展规律，它主张顺应历史潮流。它不重复生活，不还原历史，不演绎过去，而最突出展示将来，预期社会走势，判断人间是非。

杂文一俟来到华夏，便告之，它向往和平、民主、科学、自由、平等、人道、富裕及真善美；杂文憎恶专制、昏聩、愚昧、野蛮、特权、贪婪、奴性、虚伪及假恶丑。杂文与其他文学艺术既相通又有自己的特性。

杂文一俟来到华夏，就融于文学大家族，与各种文学艺术形成天然的血肉联系。它不像小说刻画人物，而是粗线条勾勒人与事；它不像诗、散文等那样纤细、抒情，而是明白如话，开诚布公。但杂文能够调动各种姊妹艺术如寓言、故事、说唱、戏曲、元杂剧等"为我所用"。

杂文一俟来到华夏，它就友好地"拿来"社会科学乃至自然科学的多种文化元素。它不是政治学，但只有不迷失政治选择，才能解析身边社会的变数；杂文不是社会学，但只有掌握瞬息万变的时代脉搏，才能适应人间丛林法则；杂文不是历史学，但人总应拨开历史雾障，略知历史长河的走向；杂文不是生理学不是心理学，但它能解剖人性、解读人生、理顺人际关系；杂文不是方法论，但它无处不闪烁思想方法光芒；杂文不是文艺学，但它评价文艺现象既深刻又形象；杂文不是美学，但每篇优秀杂文无不抨击假恶丑，无不向往美、赞扬美……

理解杂文、认识杂文，才能与杂文为友，才懂得杂文的大爱。杂文真的是半部百科全书。

三

杂文打捞历史风尘，知耻近于勇。杂文对于文化批判，社会批判，历史批判，人性批判，世世代代惹来不知多少是非。

嫉妒杂文、讨厌杂文者，甚至欲将杂文从百花园中斩草除根，所以，杂文往往难以长成大树，多少代都不能像其他文学艺术那般枝繁叶茂。有人说杂文偏激，有人说杂文片面，有人说杂文招惹是非，更有人对杂文产生各种各样的误解。以至于把杂文称之为乌鸦，恨不得把一切不祥之物都推到杂文身上。

杂文，曾为作者"惹"下多少祸根，有人曾因杂文葬送自己的大好前途，多少代杂文人曾为自己带来难以洗清的污秽。

然而，实践证明，杂文只能为民众造福，世世代代多少志士仁人，曾为杂文洗刷了一切不实之词，它为人们启蒙越来越受人们欢迎。

四

本书作者共计三百八十位，分当代、现代、历代。

我们试图把1915年《新青年》"随想录"诞生前的杂文划为历代，1915年到1949年划为现代，从1949年到当今划为当代。

1915年"随想录"之前称之为杂文，主要是根据作品性质、特点,而不是按刘勰在《文心雕龙》所谈的"杂文"。

当代作家选五十位,每人一部杂文,五十篇左右。另有合集十部,每部二十几位作家,共二百多位作家,四百多篇作品;现代作家二十位,每位五十篇杂文,七万多字,另有四十多位杂文作家,十部合集;最后选七十多位历代杂文作家,均为合集,每篇作品都有注解、题解、古文今译。

当代五十位杂文作家大体是根据五点遴选的。

一、杂文创作时间超过二十年;二、曾创作有影响的杂文作品在三十篇以上;三、曾创作经典性杂文作品;四、作品强调思想倾向的同时,艺术性也不为之忽视;五、曾在国内组织带领作家创作杂文卓有成就者。

二十多年来,我曾在助手们协助下选编各种版本杂文集五十余部,选编如此大型杂文丛书,对我是一种尝试,深知其难度。这部《中国杂文》(百部)整整花费我四年时间。杂文作品浩如烟海,读数百册杂文集、数百万篇杂文作品,难免挂一漏万,特别是这部大型丛书在国内尚无参照系,错讹在所难免,恭请诸位指正。

选编者 2012 年 11 月 10 日
于长春杂文选刊杂志社

目录

猎人与鹰犬	1
"救国家"	4
招牌文化	7
许案漫感	10
"玉碎"颂	13
今昔"英雄"	16
鲁迅的病	18
通俗与媚俗	20
人生快事	22
看错了病征	25
债	29
哀调	31
过去未来	34
算旧账	37
看热闹	39
凑热闹	42

非常时期与非常事业	44
奴隶的错觉	47
生人气	50
苏武与李陵	51
不够"非常"	53
暴力的背面	55
论做文章	57
大小花面	59
无言的慰藉	61
"自由"谈	64
关于《斗室漫步》	67
新春两愿	71
还是需要讽刺	74
自杀并志	77
谁在撒谎	79
魂兮归去	81
文人与妓女	83
女性	85
辨矫枉过正	87

中国的传统	89
无声的上海	91
烽火两年	93
我要控诉	96
唱老调	99
鬼混哲学	101
观世偶得	103
铁像	105
药	107
怅	112
色	114
踏	117
旧调新编	120
碰壁	123
落伍与卖俏	128
街头人语	130
整军方案签字	151
民主花瓶	153
歌颂	155

读报偶感 ········· 159
自侮与人侮 ········ 161
打开心灵的窗 ······· 164
街头闲话 ········· 166

猎人与鹰犬

近几天的《立报·小茶馆》里,正在谈论"华捕"问题。先是几位读者对华捕的责难,接着是几位华捕的不平。一位姓丁的华捕说:你们希望华捕勿再打同胞,欺压人力车夫,领教,谢谢!不过"我们也有我们的苦衷",因为既然当巡捕,就非"照章办理"不可。而巡捕房对待中国人的老例,据另一华捕希先生说:"照章"是"不独要打",还可以有更彻底的制裁的,所以最好是你们自己争气,遵守巡捕房的"章程"。

这真是入情入理,说得再对也没有了,特别是希先生的快语:有人以为华捕不应"管"中国人,否则是自残同类……租界是外国人的,苛捐重重,压迫也不少,你们既然不愿意,何不大家一起迁出?

我们还有什么话好说呢!

其实这些争论,本来就近乎白费。因为既然有租界,自然也就有巡捕。而在上海生活过的人,大抵瞻仰过巡捕的威仪。西捕不必说,对租界里的中国人早具有生杀予夺之权,他们昂头阔步、凸肚挺胸,如入无人之境,那姿势就已经非同小可。至于华捕打黄包车夫,踢小贩落浦,那当然是小焉者也,不足为奇了。

要吃饭,"照章办理",的确是一种苦衷,然而车夫小贩,为着吃饭,就非被踢打不可吗?他们连"抢夺生意"都是违法的!

在中国的领土上,自有租界以来,其中发生的惨案,大大小小,已经不知有多少。遇着群众集会,爱国游行,巡捕房照例来"维持治安"了,木棍、水龙、手枪、红色车,稍有拂意,就是挥打、冲击、开枪、捕人,像打猎一样。这些惨案的制造者自然是捕房当局,是帝国主义者对待殖民地民众的"章程";但打手中间,也就有华捕。郭沫若先生的《创造十年续篇》里面,写到南京路上发生"五卅"惨案后的情形,就有着这样的记载:

那素来是阴沉沉的工部局,把铁门紧闭着了,愈见表示得阴沉。门前和街心的电轨上有些水渍,街上是一个行人也没有的。工部局对面和其附近的商店都早已把铺门关闭了。

楼下是一个十字路口,有几个红头巡捕和山东大汉在那儿堵塞着行人,有的端起步枪来威骇,有的举起木棍来乱打。其中最活跃的是有几位没穿制服的外国巡捕，两手都拿着手枪，鹰瞵鹗视地东奔西突。……

干得真神速，门口的血没多一刻工夫便冲洗干净了。尸首是不用说的。……

当我们黄脸的华捕先生们，夹在绿眼睛的西捕中间，向群众肆行屠杀的时候，还有记得自己是中国人的吗？

放过猎人而见责于鹰犬，是可怜的糊涂。但没有鹰犬，是不成其为猎人的。可悲的地方，正在于做了鹰犬，而又理直气壮，视若当然，把掠夺者吸血的"章程"，当作天经地义。

而这种思想，又正是租界制度的必然产物。

要荡涤中国的血痕，必须撕毁殖民主义者的"章程"，也必须从我们有些同胞的头脑里扫清奴气！

一九三五年

"救国家"

一位华北的政治家,在报上宣布他对国事的态度,是不悲观,不乐观;不消极,不积极。——悲观流于自馁,坐以待旦式的乐观,不见得有人相信;积极有害"邦交",消极有损威信;唯有四不主义,这才稳妥安全,十分得体。

但这还是政治家的办法。有些油头粉面的说客,就没有这么曲折迂回、苦心孤诣的主义。他们慷慨激昂,倡言国难严重,非"救国"不足以图存了;但"救国"之道,却又在于否定别人救国的主张和行动。——新近就有一位先生,写了文章,昭告于众曰:"近来有人提倡'国防'什么的,都是冒牌救国家,大家不要上他们的当!"

的确,救国是有正牌与冒牌之分的,这位先生的眼光很锐利。遗憾的是:"冒牌救国家"已经由他指明了,是正在提倡国防文学或国防电影的人;正牌的在哪里呢?莫非就是他老人家自己吗?但他也还未经正式挂牌,因此暂时不免是一个疑问。

可是既有"冒牌",正牌总还应该有的。我搜索枯肠,想了许多时候,这才想起了一位穆时英先生来。

好像是一年以前吧?穆时英先生忽然从"啦啦体"的恋爱小说堆中翻了个身,神差鬼使,拿着一把大扫帚,由文坛到影坛,向电影批评家开起火来,什么"电联的廖化们"呀,"罗宋老几"呀,而且还举出大串名字,向官家公开告密。但题目是堂皇的,叫做"电影艺术的防御战"。——人家一还手,他就哈哈大笑道:"你不要躲躲闪闪,被人家拆穿了,惶急得手足无措。"人家说他的文章有点血腥气,他又把头一横道:"怎么,你怕血腥气吗?在这样的时代,我们需要流血,流更多的血!"——到这里,自己的身份也已经表白:据说他是"黄帝的子孙",而人家乃是"破坏民族统一战线"的"汉奸",所以要加以讨伐,以挽救中华民族的危机。

这一战以后,"光明"果然来到:穆时英先生当了《晨曦》的编辑。——那时华北事件还没有发生,时局比现在太平得多。

像穆时英先生那样勇敢而且热心的,我想,大概是正牌的"救国家"了吧?但可惜得很,这位战士现在到香港接太太去了。"统一战线"的话也不再听见提起,因为去年华北问题刚发生,这位战士就已经摇身一变,变成了"虚无主义"者。

我们的正牌的"救国家",剥却漂亮的人皮,就露出了毛茸茸的本相。

呼声虽然激越,拆穿西洋镜,不过是四不主义的应声虫而已。

一九三六年

招牌文化

听说曾经有人编过一本书，是专讲北平的招牌的。堂堂一巨册，有图有字，内容十分充实。尤其难能可贵的是，对于各种招牌的式样、意义、历史等等，全都详加考据诠释。我颇想拜读一下，却苦于无从得到。大抵天下的好书，都容易变成"珍本"和"秘笈"的。

可恨阅历又太少，没有到过北平，不知道"文化城"里的招牌文化，究竟发达到什么地步，较之海派的招牌，又有怎样的分别。

上海街头的招牌，据我看来，是也很有些洋洋大观的了。

"名者实之宾也"，招牌的作用，大概也是表达内容的一种标识吧？不过这恐怕还是很久以前的话，所以未免有点迂；目下是文明世界了，招牌的用途，已经推广得多。招牌的形式，也早已由死而活，由拙朴而摩登，应时制宜，变幻多端，进化到了极致。你跑到马路上去，便只看见摇头摆尾、搔首弄姿的活招牌，红红绿绿的大旗子，闪闪烁烁的霓虹灯，直看到你眼花缭乱，脊梁上发出冷汗为止。

但你倘使看了招牌进去买东西，就难免上大当。

招牌上写的是"真不二价"的"一言堂"，黑漆金字的，买东西却还有折扣可打。明明打起招牌的国货公司——据说出品都是"本厂自造"的，谁知连"三角"牌的恋爱小说都是贩的东洋货。连药方也开不清楚的走方郎中，上起匾来是"华佗再世"、"着手成春"。蚊虫苍蝇大本营的小面店，自诩为"卫生食品"。摆些破铜烂铁，自谓是稀世之古董、古代文化的精英；东抄西袭一大堆，补补缀缀，拿来应市，你说他像垃圾桶，不料他乃是"选购各省名产，统办环球货品"，大有来历的。……

但这些只能骗瘟生。门槛稍为精一点的人，就明白其中是怎么一回事。

于是花样翻新，冒名顶替，外加插科打诨。杭州张小泉，苏州陆稿荐，店号不曾注册，自然大众可用。倘若主顾不信，不妨在招牌上画上乌龟，写明"若有假冒，天诛地灭"，人各一块，遥遥相对。结果是弄得乌烟瘴气，大家看不清究竟谁真谁假，谁是谁非。

如今市面不景气，招牌的用处更大了。据说

为"优待主顾",所以要"特别廉价"。雇几个口齿伶俐的角色,当街站着,脚蹬口叫,慷慨激昂、痛哭流涕,直至汗流浃背,力竭声嘶。路人不明白,以为是有什么人要打进店去,他正在誓死"防御"。其实他是在吸引顾客,待价而沽。并且"牺牲"必须彻底,所以要声言不怕"血腥气",把价目狂跌,跌到连灵魂、人格,一起拍卖完结。

目下这种活动招牌,又打破了固定一处的成例。它们可以在汽车上装成货物的式样,或者是一个大灯泡,或者是一瓶虎标万金油,或者是一套"革命"的中山装,吹吹打打,招摇过市。——自然,这样的风尘仆仆,也无非是为的"牺牲血本"。……

一九三六年

许案漫感

上海有许多"名人"。

"名人"照例是有别于常人的,手面阔,地位高,到处显得不同凡俗。所以有许多常人,往往千方百计,要使自己上跻于"名人"之列。——例如许晚成先生,也就是竭力想爬上去的"准名人"之一。

爬法有种种不同,最简易的是用钱来买,但这又非有钱不行,穷人要成名,就只好冒险,像买航空奖券一样,哗众取宠,引人注目。可惜成效极少,像买航空奖券一样,难于中的。

许晚成先生爬了许多年了,今天发消息,明日写新闻,利用报纸,竭力把自己的名字推广出去。而且还要编印丛书,出《人生问题讨论集》、《中国司法界黑幕大观》、《该骂集》等等名作,公开征文,请"海内文豪"踊跃投稿,共襄盛举,而且还要在报上登出广告,曰《许晚成工作报告》,名人题字之外,另加许氏近影,俾众周识。——这方法效力虽小,但几年来孜孜不倦的结果,许先生的大名确乎已有不少人知道了。却不料功亏一篑，报告出了毛病，其中关于"推事受贿、庭丁索钱"的一节，被法官认为"谤毁名誉"，打起官司来了。

中国的法律，原是可以"从严办理"、"从宽发落"的，杜重远文字贾祸，法律上立刻增加了"诽谤友邦元首"罪，请他锒铛入狱；某捕头（恕我记不清他的大名了，恐怕就是蔡洋其案中的那位捕头吧）对无辜的嫌疑犯电刑逼供，危及生命，审询起来，屡次抗传不到，却也奈何他不得。

但这一回许晚成是辱及法官，情形自然大异。开起庭来，推事高高坐在上面，疾言厉色，加以审询；原告呢，就是法官自己。于是不问结果，先行拘押，生了病请求交保，不准；请求移送指定的医院养病，也不准。

自然，我并没有替许晚成先生叫屈的意思。但我们却从这里得到了一个教训，这就是：处今之世，"黑幕"虽确有可"观"，"人生"也诚多"该骂"，却千万切不可得罪"友邦元首"，辱及法官；否则就要"从严办理"，剥夺言论自由权，不准请求交保的。

从许晚成先生求名心切这一点说，我以为倒颇"情有可原"。但他虽不幸而罹缧绁之灾，却不足为他的"盛名之累"。反之，许案开审，报纸喧腾之时,便是他十载苦功一旦告成之日。——因为这也是成名的一法。

　　悲哀自然也难免有一些的。但成名不易,其吃苦也活该!

一九三六年

"玉碎"颂

我们有两个同样题名为《赛金花》的话剧。夏衍写了一个，熊佛西也写了一个。这两个剧本，先后被明令禁演了。禁演的理由，我们不知道，当然也无权过问。听说南京的一个宴会上，有一位要人，曾经阐明原因，乃是因为《赛金花》不合"宁为玉碎，不为瓦全"的精神。当时熊佛西恰巧在座，因此曾和这位要人争辩了许久；但争辩的内容，我们同样不知道。只是报上透露了这么一点：说是争到后来，熊佛西忽然问要人道："你看过我的剧本没有？"要人嗫嚅而言曰："看过的。"后来又加以补正："我是大略翻了一下，没有仔细地读，所以也不能算是看过。不过这剧本很奇怪，为什么全剧三幕，描写都和四十年代剧社公演的《赛金花》非常相像？……"他的议论还没有发完，熊佛西先生站起来，伸着四个指头说："先生，我的剧本一共有四幕，你根本就没有看过！"要人于是无言，窘状可掬云。

问题仿佛清楚些了：一出《赛金花》之所以

该禁,因为作者是夏衍;另一出《赛金花》之该禁,因为它像前者,——至于是不是真有点像,那是另一回事,不必深究的。中国的禁书这么多,要人哪里有工夫读呢!

当然,赛金花这个人物,本身是不值一谈的。值得研究的是这种社会心理:为什么剧作家忽然想到了赛金花?为什么赛金花的舞台形象引起了广大观众的共鸣?明乎此,南京的老爷们何以如此憎恶《赛金花》的道理,就可以"思过半矣"!

说《赛金花》不合"宁为玉碎,不为瓦全"的精神,引申起来,好像是说:当八国联军打进北京,大杀老百姓的时候,西太后带着光绪仓皇西狩,乃是为了"玉碎";而赛金花凭着她女人的手腕,救了一些老百姓的性命,则是为了"瓦全"。但是向帝国主义者屈膝求和,终于签订了丧权辱国的"辛丑和约"岂不是奕劻、李鸿章辈,而并非赛金花吗?

历史无情,今日的北平也诚然不能不使人悚然,想起前朝旧事。不过听听要人的宏论,就可以知道老爷们已经决定"宁为玉碎,不为瓦全",我们老百姓尽管可以大放宽心了。好在古物早经运出,"文化"已将保存,北方的焦土,尽由"友邦"去作演习之场,毒化之区;而我们的壮年苦工,一任他们变为"灰青臃肿"的浮尸,在天津河里漂来漂去好了。倘有学生要进行请愿,老爷们有的是军警与水龙,还有英勇神武、素负盛名的大刀队,不费吹灰之力,就可以弄得学生们统体淋漓,"身上五色",莫能当之!

草野蚁民,闻风雀跃,打油一首,以表歌颂云:

救亡宁玉碎,泱泱大国风。
焦土任易色,民命本如虫;
毒雾连城白,敌旗照眼红。
国家今复兴,不与旧时同!

一九三六年

今昔"英雄"

看京戏，我爱看全武行；看旧小说，我爱看侠义传——因为其中有些"英雄气概"，未许一笔抹煞。

杀人也好，放火也好，凡有行动，一律自己负责；连采花的强盗，黑夜里侮辱了女人，也在墙上留个记号，表明这件坏事是他干的。干坏事可恨，干了坏事而不敢负责，可恨而又可鄙，也就特别可恨。看看现在的世道，凡事敢作敢当，毫不推诿闪烁，简直已经是一种难能可贵的品质了。

"英雄"这一称号，现在已被踩在脚下，但在实际生活里，各种各样的"英雄"却依然存在，不过已经不穿衣行走，从外表看，一律恂恂儒雅，很像绅士国里的标准国民罢了。

自然他们也没有从前的"英雄"那么戆。

刘邦是"白相人"出身，做了皇帝，用不着读书人了，说道："乃公马上得天下，安用诗书？"倘使他生在现代，虽然依旧用手枪治国平天下，一定会自己打头，号召学生读经的。倘有异端，必须加以格杀，就大抵先安排下一个叛逆的罪名，套在对方的头上,杀了人也还是他有理。

　　无赖勾引女人,角逐情场,勇敢得很;一打官司,就说:"她是野鸡,原是个卖淫妇!"不然就说本是女的主动,有意勾引起了他,原来大爷还上了别人的当。

　　这是武的,文的"英雄",做法就两样了。

　　虽然手无缚鸡之力,一封告密信,一样的使仇头落地,让人家死了也不明白是被谁所杀。不然就歪曲是非,笔锋所至,诬蔑随之,这就叫做"别人怀宝剑,我有笔如刀"。

　　然而还有新发明,苏雪林女士似的,向死人头上喷狗血。

　　在西班牙文豪塞万提斯的笔下,不是有过一位英雄堂·吉诃德吗?有人说,我就是堂·吉诃德。可是吉诃德先生向风车挑战,是被风车卷去了的。前车可鉴,等风车停了,再横枪跃马,张牙舞爪地扑上去!

　　敢作敢为,是非不问,这也很近乎"英雄"行径,可是,我们现代的"英雄"们,请拿出一点"英雄气概"来,先洗掉亲手涂在尊脸上的白粉再来吧。

一九三六年

鲁迅的病

听说鲁迅先生病了。

对这位中国文化界先驱的健康,引起许多人衷心的关切,但也有人暗暗地高兴。——我这样说,并非是以小人之心,度君子之腹,因为已经有人按捺不住,某报的《无常集》里,就透露了这消息:

"或问鲁迅何以为中国之高尔基。或答之曰:'子不知高尔基病危而鲁迅亦病危乎?'"

神经正常的人怎么能够设想,有些人居心的下流卑劣,可以达到这种地步!

在有些人看来,鲁迅先生的可恶,自然是事实。因为鲁迅先生的言论,"搔着人家痒处的时候少,碰着人家痛处的时候多"。而此辈偏偏是满身疮疼,碰痛了,又奈何不得。有鲁迅先生在,此辈的天下就不太平;必欲去之而后快的阴暗心理,是不难理解的。然而乘人之危,为稍有人心者所不取,何况闻人病危而抚掌称快,从旁说尖酸刻薄的风凉话。但是这种做法,除了画出自己狰狞的嘴脸,何害于鲁迅先生!

　　当然,人是难免要死的,鲁迅先生迟早必有一天,会正如尊意,闭起口眼来,对达官贵人、正人君子、叭儿篦片之流,不再作洞穿肺腑的注视;也不再评论是非,南腔北调,扰人清听。但他的著作,他的影响,却仍将留在人间,永远也消除不了。

　　这一点平凡的真理,不知"无常"之士想到了没有?

一九三六年五月

通俗与媚俗

在所有艺术作品的赏鉴者中，最参差驳杂的，莫过于电影观众。

静坐在银幕底下的，教养不同，性别不同，年龄不同，职业不同，身份不同，极尽五花八门之能事。他们目迷神静，时而笑乐，时而太息，时而垂泪。但人生见解各不相侔，美感惊呆大有差异，思想情绪的反应，当然也互相径庭。但他们要求艺术欣赏的愉快，却是一致的。

这就给电影创作家提出了难题。

电影既然是艺术，社会又公认为教育大众的有力工具，那么电影创作就不能不作双重的考虑，既要顾到作品的社会意义，又要注意能不能为多数观众所接受。曲高则和寡，降格以求，又必然为有识者所唾弃。

解决这个问题的通途是"通俗化"，或者说"大众化"，而这又是一件难事。

有些自恃"聪明"的编导，自以为深通此中三昧，知道观众爱笑，就在作品中制造生硬的笑料；观众善感，又在作品中挜卖廉价的眼泪；等而下之，则卖弄风情，加些玉腿酥胸的肉感场面；或者专看市场行情，随波趋时，使艺术创作成为信风鸡。而俯就观众的结果，却往往反而使正常的观众掩鼻，逃避腐鱼的腥臭一样。

  要真正做到通俗化，需要深入的探讨与摸索，但我以为，首要问题在于题材广阔，切合一般人的实际生活，有血有肉，入情入理，使不同的观众都能理解和接受。其次是作者所要表达的思想，陈义不妨高深，也不妨蕴藉，却不宜荒诞不经，或者不知所云。至于表现艺术，决不能降低水准，俯就低级趣味。

  通俗化的要义应该是雅俗共赏，而不是媚俗。在媚俗的道路上，应当钉上一块牌子，大书特书："此路不通！"

一九三六年十月

人生快事

据说中国已经"统一",外御其侮的工作也将开始。新闻纸的为用,因此也更其"大矣哉"起来。每天翻报,送给我们的都是些好消息:什么成立纪念的"隆重典礼",主席巡行返京的"军乐礼炮",以及"印象极佳"的谈话之类,真是洋洋乎一片太平景象。二十一日的上海某报上,还用整版的篇幅,登出两位名流的少爷小姐的"嘉礼特刊"。

特刊开头,就是一篇阐明"人生真正第一快事"的名文,说昔人以为雪夜闭门读禁书,是人生第一快事,其实那还不过是一时之快;唯有洞房春暖,美眷如花,真个销魂以外,将来大量生产,十年生聚,以纾国难,才子佳人底下,接着就是忠臣义士,这才真的是乐事无涯,结婚为最。说得读者都飘飘然起来了。

然而仔细一想,恐怕也未必尽然。

昔人所读的禁书,大约不是《唯物论》、《国难记》,或者鲁迅等左翼作家的著作;倒是把才子佳人的"嘉言懿行"描写得比较彻底的《金瓶梅》、《肉蒲团》等的所谓淫书吧？昔之儒者，虽然一样的会性交，而公然阅读淫书，却难免遭受物议。雪夜孤灯，重门深锁，一卷在手，看得口涎直流，想来也的确"快哉"。但"革命成功"，世情一变，《金瓶梅》早经印成"珍本"发售，有些报上也日有"艳情小说"可读；有一个时期，张竞生博士编《性史》，开书店，登皇皇广告，"第三种水"也可以从女店员手里买到，禁书之味，早已没有了。现在成为"禁书"的，却万万染指不得：思想自由，虽有明文；一读禁书，就要攸关性命。雪夜闭门，不料巡捕破关而入，翻箱倒箧地搜查一通之后，一翻白眼，喝道："行里去！"而看的也许只是一份《救国日报》。记得香港有一位青年，因为在箱子里被查出一本红封面的《呐喊》，曾罹杀身之祸。——今日读禁书，"快事"云乎哉！

结婚是快乐的，但恐怕也要以名公巨绅的少爷小姐为限。倘在穷小子，一旦结婚，就是终身重累。"半夜睡在郎身边，半夜睡在债身边"，这是俗语，大约也很古了，倒是今古一例地流行着。

"十年生聚"（姑作"生"孩子解），勾践以此复国，对的，但底下还有"十年教养"。名公巨绅记住了前一句，又沉湎于"洞房春暖"之乐，编号娶妾,论打生儿,快事既然无穷,产量也真丰富。作起寿来,儿孙绕膝,客人惊叹似的打拱作揖,说道:"老兄真是福气!"不久小姐少爷也可以嫁娶了,于是世代相沿,继续乃祖乃宗的盛业。这倒确是颇合于中国古训的人生观!

大世界阖家老小跳楼自杀的是例外,因为他们穷。

大家都说国难严重,这当然是千真万确的事实。可是如何自拯于危亡呢?侵略者略一松手,便觉天下太平,国事大有可为,固然是可怕的自我陶醉。大家都来结婚,生聚教养,如果照现状推究下去,照码对折,不必十年,怕早已遭受亡国之惨了。

插科打诨的把戏,还是暂时收起来吧。

不过结婚毕竟是值得庆祝的事,让我也来祝他们"百年偕老,五世其昌"吧。因为能够如此,总还算是"国人之福"!

一九三七年

看错了病征

国民党司法院副院长覃振先生在青年会演讲《新中国之立法精神》，其中有讲到妇女参政运动的：

"中国妇女在过去数十年，早已努力于此，但从精神上和其他国家妇运比较是迟缓而且落后的，原因不在法律上的不平等，而是由于事实上中国妇女未能免除最大病征，即由惰性所造成的依赖性，致全国妇女消费者多，生产者不过占百分之一……"

覃先生是司法院长，这些高论又是《新中国之立法精神》中的一节，在我似的毫无法学常识的人，看起来就难免不大了解。因为中国的法学，十分奥妙，又富于弹性，是很不容易研究的。不过中国妇女的生活，我们却看得很多，觉得法学家似乎未必懂得社会的医理，例如这里所指出来的妇女的"病征"，就很有些问题。

说到女人的"依赖性"，也许有几分真实吧。但这却正是男性中心社会的产物，这乃是一种果，而不是因。说她们天生懒惰，是只有在金碧辉煌的青年会的沙龙里说说的，不然，不妨请到工场和农村去试试看，她们一定连恭听高论的工夫都没有。她们一天到晚，都在胼手胝足，默默地做着苦工——生产。

然而生产的结果是别人的，她们连自己也养不活。

我们有不少高贵的小姐们，衣锦绣，食珍馐，一切享受，穷极奢华；而消磨青春的办法，只是打牌、跳舞、看戏，沉湎于爱情的游戏。也有不少的太太们养尊处优，颐指如意，一袜之需，动辄数十金；而唯一的本领，不过是敲敲酒瓶，剪剪彩，摆出电影明星式妩媚的姿势，让新闻记者拍几张照而已。

但这又不是大多数的中国妇女，其比数不足千万分之一。

中国是农业国，人民中占最大数字的就是农民。我们试到任何一角的田野间去考察一次，会找出一个饱食终日、无所事事的农村妇女来吗？相反的，她们都是农村社会的生产者，封建势力所造成的忠实的奴隶。她们在田里是耕耘、操作；在家里是淘米、洗菜，从最粗重的到最琐屑的。她们几乎每一个都是平凡的悲剧的主角，然而自己从不觉得，她们相信命运，服膺"嫁鸡随鸡，嫁狗随狗"的哲学。她们承认自己是依人者。

  我看,天生的奴性,大概是没有的,这不过是压迫阶级所造成的,可悲的心理现象。——都市里的女工就比较进步,因为她们和农村妇女的生活形态不同。

  可是覃先生还要开方:

  "中国的法律,并未限制男女平等,中国妇女要充分发挥在法律地位上所赋予的权力,必须肃清病源,培养自己的能力……"

  自然,妇女应当培养自己的能力。可是让我们先问一问是什么"能力"吧。生活的能力,像前面所说的,她们何尝没有呀?倘指才能,才能又中什么用!——武则天,是有政治才能的,她做过皇帝,与中国的妇女地位何补?一直到现在,连女子也在骂她是淫妇怪物。李清照,宋代的大词人,中国文学史上占着粲然一页的女作家,可是后来连自己的生活也潦倒不堪,"猥以桑榆之晚境,配此驵侩之下材",中年再嫁,不料遇人不淑,要依赖男人都很难。只留下"新来瘦,非干病酒,不是悲秋"一类的幽怨的词章,让后人低徊吟诵。

  教育,是重要的,但为的是用这催大家觉醒起来,争取解放。倘令大家各自"培养自己的能力",即使培养成功,一个个都做了"女界伟人",

也没有什么用处。——妇女运动的历史，已经有了许多年，但直到现在，还是看不出什么端倪。原因呢，老话一句：妇女问题是依附于整个社会问题的，后者无法解决，前者也就悬空。

只有把妇女运动和政治运动的主流配合起来，这才是正确的路线。——譬如现在，妇女运动主要的课题，就应该是参加抗战。首先不使自己沦为侵略者的奴隶，然后才谈得到妇女解放。——当然，不是说为了抗战，妇女就可以不必解放；我们的抗战，还应有民主的内容。

至于对女人的看法，我以为如其多几个温柔多情的女才子，还不如多几个叛逆者。只要看看目前的社会里，男子玩弄女性，从来不以为异，偶然发现一个对男人负情的女子，就有"前进"的舆论家来举起义旗大肆攻击的情形，就知道男性社会所需要的是怎样的角色；反过来，也可以知道妇女运动中是需要怎样的女性了。

一九三七年

债

　　现代中国的青年,是一出世就负了债的。

　　不但有物质的债,还有精神的债。其利率之高,又足以横绝世界,竖尽古今。

　　女人生孩子,生下一个女的,老实的父亲一皱眉头,以为自己多了一个"赔钱货",瞻望前途,已经怒焉忧之起来;倘是男孩,则皆大欢喜,原来只要这么一来,他们就"终身有靠"了。

　　抚养,教育,都是放本钱,准备将来收利息。生育儿女,其意义与购置田产的作用相同。

　　维护这放债制度的是一种特殊的道德。父母尽可以虐待儿女,给以种种不合理的约束;而一为人子,却就非牺牲自己的幸福,以奉行孝道不可。我们乡间有一个无赖,不大孝顺父母,有一次父子冲突,父亲责问他的身子是哪里来的?他一横眼,说:"你们是成心生我的吗?你们为的是快活!"于是乡党失色,骇然走告,以为世间出了妖孽。自然,这样的儿子是不足为训的,但他说的其实倒是真话。无赖没有知识,就证明着父母并未对他尽过应尽的责任。

我们无数的赤子，借着高利贷，带着传统的重荷，刚成人，社会就由以各种各样的方式，向青年来收取不放本钱的重债了。那是各种堂皇的名分，好听的经文，青年于社会的无穷的义务。

名士阔人，兼职累累。有靠山的坐领干薪。倘有青年，因为人浮于事，无业可为，社会就来责备，不是"自甘堕落"，就是"不思上进"。倘使他替你找个职业，却又是没世的恩情，终身也补报不完。有钱的老人可以讨十房八房的姨太太，青年一谈恋爱，就是寡廉鲜耻，社会笑骂，百计阻害。连我们文坛上，新进作家的成名，也是文豪"提拔"的结果，并非因为自己文章写得好。

世风不古，国势陵夷，都应由青年负责；但到青年们真的要求改造社会，实行救国的时候，却又全都"意志薄弱，受人利用"，犯了大逆不道之罪了。精神的负担，无视的重压，弄得债台高筑，懦弱的青年受不起，于是先先后后地设法逃债。——逃到哪里去呢？服毒，自经，跳海。

可是论客们却又喊喊喳喳地来说闲话了。什么"人生的责任"呀，"卑怯的逃避"呀，债主的逼迫，给卸得干干净净，临了还加些罪名，让死者的灵魂也带了债去！

一九三七年

哀　调

时局是沉闷的,看看报纸,却常有些五色斑斓的壮语,看得你头昏。

自然,在表面上,主张抗战是一致的了。前几回"国难严重"的时候,还有人明明暗暗地主张"和平",反对"牺牲",劝国人学越王勾践,卧薪尝胆,十年生聚,十年教养。胡适博士还叫大家静待五十年。可是这一回,连北平和天津都沦陷了,我们再照老样子过下去吗?

老百姓虽然不懂兵法,却知道当前国势的危急,倘不抗战,就要灭亡。

适应这种民气的,是许许多多的壮语。——要抗敌,当然非壮怀激烈不可;但有许多壮过了头的论调,却常常起着相反的作用,若加以抽筋剥皮,细细推敲一下,就会发觉,那底子,其实倒是变相的哀调。

日本大使川越南下的结果,"和平"空气似乎又浓起来了。报纸上记载国民党外交部发言人对于谈判的态度,说是:"现在局势虽极度紧张,然中日外交当局，在两国国交依然存续之际，本可随时商谈，唯两国关系，刻已至最险恶时期，……倘彼方果以最大之决心与努力，挽回危局，尚未为晚，否则和平前途，殊难见有曙光也。"口气硬得很，仿佛彼方在向我们委曲求全，要求和平，而我们不答应。但实际相反，彼方"最大之决心与努力"，早已用行动表明了，到先现还想用谈判方式苟延残喘的，倒是我们。

说道抗战，从前的壮语叫做"敌军所至，抵抗随之"。那是等人家进来了，我们再抵抗。现在却更壮烈，变成"敌军所至，焦土随之"。——要弄到地老天荒，使我们毫无所得。

这真是"时日曷丧，予及汝偕亡"，切齿之声，俨若可闻了。悲壮而激昂，论客谓之曰"沉痛"。然而仔细一想，却又令人毛骨悚然。原来中国的抵抗力竟薄弱到这步田地，一打起来，就非使这"地大物博，人口众多"的国家全部化灰，而毫无胜利的希望吗？这样的壮语，我怕胆小的人听了，是要油然而生妥协之想的。

事实并不这样，历史上有被灭亡的民族，却并无被烧光的国家。而且，只要有人民在，也就有复仇和反抗，复兴和建设。

叫大家决心牺牲，是一种壮怀。但牺牲岂不为了求存？为了民族的独立自由？一面宣布对于胜利的绝望,一面又叫大家准备变灰,这种"为牺牲而牺牲"的绝叫,只是一种十足的哀调。它不是什么沉痛,乃是无底的阴暗!其目的在取消抗战。

在全国一心,准备抗战之际,鼓励和激励是重要的,但我们不怕牺牲,为的是能够取胜。那些哀调式的壮语,却正是糖衣的毒药,让我们把它扫进垃圾堆里去吧。

一九三七年

过去未来

北平曾经要称为文化城,划作风景区,都没有实现。如今却和天津一起,老老实实,变成了"特殊区"。

艺术家是敏感的,在一张报纸上,最近已经看到了题为《忆北平》的风景画。但"政治家"更敏感,早在四年以前,他们就已经将故宫的古物专车南运,今天看来,就更显出预见的周密。可惜北平的城阙宫殿,欲搬无从,令人徒兴"山河易色"之感。至于平津的老百姓,既不是古董文物,自然理应丢开不管,一任他们让日本军队痛快淋漓地杀戮去!

我们的大人先生们,现在忙的是作论说体的宣言和结算旧账。

而算账的结果,又非常合算。——因为"九一八"虽则失去了东三省,"号召全国精诚团结,共赴国难"的工作,却开了头。"一·二八",虽则订了《淞沪协定》,但"安内"的军事却发动了,……总而言之,都很值得。

眼前平津这一笔账，照例，是要以后再算的。

抹煞新欠，倒算老账，加叙理由，添注说明，三下五除二，居然化耗损为盈余，这是世上独一无二的会计学！

除此以外，民间却又有神妙莫测的预算法。这就是《推背图》一类古已有之的东西，在混乱中乘机出现。

"中国二千年之预言！"皇皇的广告，已经见诸报端，"一切世界大事，关于中国国家之变故，冥冥之中，均有定数，我国历代名哲如吕望（即姜子牙）、诸葛亮、刘伯温辈，所发预言，事后句句应验，此种哲学，实为我华夏四千余年文化之最大结晶……"据说，只要"读者有若干智慧"，一看这本奇书，未来的账，就可以预先推算出来。

但算法虽然奥妙，道理是容易懂的。

"追算法"告诉我们的，是吃亏就是便宜。"推算法"告诉我们的，是一切都属命定，天数如此，不可强求。

常常想想过去，我们曾经有什么错误，以致形成目前的局面；再想想将来，应当怎么纠正已往的过失，惩前毖后，以免重蹈复辙，当然是好的。平时低眉顺眼，老对着自己白鼻尖，事情一急，这才想起过去和未来：算花言巧语的旧账，献糊涂透顶的预言,性质虽不同,一样是愚民的妙策!

他们的目的,是要使人们忘却现在。

一九三七年

·柯　灵集·

算　旧　账

　　对日本，我们正在结算六十年来的血债；但在国内，人家却以为一切旧账，都应该从此搁起，以便一团和气，共赴国难。

　　于是洋场小丑、市井流氓，摇身一变，都化为热血志士熙熙攘攘，到"爱国"的新事业上施展身手去了。结果是借救国之名，作营私之实，弄得乌烟瘴气，不可向迩。——有一位无线电台的经理，不是在播音募捐之后，伤兵和难民还未得到救济，而自己已经发了横财吗？这不过是小小的一例。

　　现实是冷酷的，并不讲情面。我们从前的旧欠，它都一笔不苟地挂着。民众没有组织，是因为一向压得太紧，目前也还不肯尽量放松；华北战事失利，乃是过去政治上所种的因；今日的狗苟蝇营之辈，也不过是旧疮中的新蛆。我们不要算账，事实却已经代为结出来了。

　　章乃器先生从苏州看守所被释放以后，新闻记者问他的感想，他说："无此闲情算旧账，有腔热血效前驱。"这正是壮士胸襟，值得感佩的。但我想：共赴国难，一定不包括汉奸奴才在内；一致对外的时候，也不该忘记出清腐朽的渣滓。因为时代虽在进步，却并不能截然划分，宽容汉奸奴才，包涵沉滓毒菌，这乃是自取其祸。

还有更重要的意义：我们的抗战，抵御横暴，最终的目的是在求中国的自由、独立与民主。我们现在做着的，正是破坏旧中国、建立新社会的工作。除旧不净，也就难于彻底布新，用商业上的术语说来，这叫做"旧账未清，免开尊口"。

自然，一切汉奸或准汉奸以外的人，在对外的立场上，应当绝对一致。凡有在这时候，还在暗暗地主张自相残杀，排除异己；或则假公济私，报复私怨的，就都是民族的罪人，不足以与言救国的！

一九三七年

看 热 闹

　　时维五月,岁次丁丑,上海跑马厅举行英皇乔治六世加冕典礼。因为怕参加的人太多,预售座券,以示限制,券价分五元、二元、一元等数种。据报上说,全部座位五万余,事先早已售罄;沿跑马厅的国际、新世界等旅馆房间,也在两星期以前定售一空云。

　　什么人这么热心呢?报纸上没有说起。可是我们不妨预测一下:加冕的虽是英皇,典礼也远在伦敦,但到跑马厅参观仪式的、定旅馆瞭望仪式的,绝大多数是"高等华人"。——自然,一定还有更多买不起座券、开不起旅馆的小市民。

　　中国的蚁民,大都在殷殷望治,希望自己不再被"攮"和被"安",太太平平地吃一口苦饭了。而中国的闲人,却只愁没有热闹可看。

　　人家出丧,他们看;人家迎亲,他们看,呆呆地在街上站上个把钟头,一边看,一边还要加以赞叹评论。巡捕打黄包车夫,看热闹的照例围着一大群,失魂落魄地,仿佛赏鉴什么艺术品;

被打的一狼狈,他们就觉得有趣,在旁边嘻嘻地笑。

汽车撞坏了小孩,也一样若无其事地看,等身子碰到西捕的木棍上,并且听得连推连喝地斥道:"去,去!看啥事!"这才猛然从梦里惊醒似的,搔搔头皮,悻悻然跑了开去,再去看旁的热闹。自己挨棍子,是从来不反抗的,因为一反抗,就难免起冲突,自己就要被困垓心,让人家来看热闹了。

枪毙一个绑匪,看客动以千计,途为之塞。

倘使有钱,对于热闹的赏鉴欲也就更强更广。花钱的,不花钱的,凡有热闹,一律参加,但均以自己不会沾惹麻烦为限。倘使有些不稳,赶紧跑回家去,战战兢兢地关上大门,躲起来。等危险过了,他再出来旁观作乐。

豫西旱灾严重,难民数万,辗转待毙。除了那些以"慈善"为业的绅士,有钱人中,谁有自动捐助一点的吗?参观洋人的庆祝仪式,却早已座券卖光,旅馆房间"定售一空"了。但倘使豫西的灾区,可以搬到上海大世界来,公开展览,则销售门票,大抵也不成问题,爱看热闹的人,是不问喜庆与丧吊的。看看别人的灾难,在他们也是一种娱乐,谚有之,曰:"隔岸观火。"

而有时简直连自己家里的火也看。听说沈阳

失陷,日本军队在街上游行示威的时候,也还有闲人(自然是中国的)张着口伫立参观;第二天的日本报上,说是"皇军过处,迎者夹道,盛称帝国军容之盛"云。

然而座券卖光了,旅馆定完了,怎么办呢?——到马路上"轧轧闹猛"也好。拥拥挤挤,冲冲撞撞地大半夜,弄得满头大汗,然后莫名其妙地回到家里,对老婆说道:"英国皇帝登基,人山人海,小孩和女人轧坏了好几个,真正好白相得来!"

一九三七年

凑 热 闹

谈过了"看热闹",觉得还有谈一谈"凑热闹"的必要。

世有爱看热闹成癖者,同时还有以凑热闹为生者。前者无所为,而后者有所为。

爱凑热闹的,总是满脸笑嘻嘻,热心慷慨,仿佛我佛转世似的。一些名人的宴会里,挂着孙中山遗像的什么集会上,我们总可以看见这些笑嘻嘻——但有时也紧张得若有其事的脸,摇来摆去,赶也赶不开,像苍蝇一样。

要人一下台,他们就发起开欢送会,表示依恋;欢送辞里,说得感激涕零,真是斯人而去,如苍生何!但明天另一个要人刚上任,他们就又呼朋引类,执着旗子,大摇大摆地到码头上欢迎去了。而且还要开茶话会,对新贵人拼命拍掌,说道我公一出,斯民之幸,真是如大旱之得甘霖,再好也没有了!

一边欢送,一边欢迎,他们就永远这样忙碌着。

此外则上体天意，或者慷慨激昂，开"讨逆"之会；或者鼓舞欢欣，发拥护之电。打听得某要人今年几十岁，年高德劭，理应发起做寿；某名流与夫人结婚已经几年，虽然妾媵满室，幸而德配尚未拆对，又赶紧凑上去，发起银婚或金婚纪念。

这些都是高等的。中等一些的便到报上去做文章，歌功颂德。开会时到场任招待，襟上别一张绸徽，在人丛里赶来赶去，忙得满头大汗。阔人演说时，拍起掌来，响声犹如机关枪，看见同辈，笑笑，揩揩汗，又皱皱眉，察其神情，若有怨尤，而其实乃是得意。

他们什么事情都不做，但什么事情都有份。英皇加冕典礼之类，这些先生们没有职使了，便轧到洋人队里去，恭而敬之，不胜神往之至地坐着，以"高等华人"的资格，躬与其盛！

他们是永远忙碌的，主人忙，他们帮忙，凑热闹；主人闲，他们扯淡，做清客。《金瓶梅》里的西门大官人，周围就总环绕着这一类知趣的人物。因为向同辈鸣鞭，向主子凑趣，都是奴才的美德。——这有个好听的名词，叫做"助兴"。

有了这类善于"助兴"的角色，于是乎天下太平"民国"万岁！

一九三七年

非常时期与非常事业

因为战事的影响,世路日益艰难,谋生不易,已经使人有切肤之痛。但也有一种人是例外,他们眼明手快,心机玲珑,无论在什么环境里,总是如鱼得水,适于生存。

"八一三"战争初起,上海炮火连天,立刻陷入大恐怖与大混乱中,工厂歇业,商店关门,社会突然停摆,出现了非常时期的非常景象。

但接踵而来的,也就是各种各样的非常事情。

一种手抄的药方,忽然在街头出现:甘草、防风……常见的中药十余味,据说是防毒瓦斯的万应灵方,神效无比,为普济众生起见,"请见者随手抄录,转赠亲友,以策万全,功德无量"。热心人信以为真,不但如法炮制,而且辗转传抄,广为张贴,一时街头巷尾,满眼是这种神方。于是药店重开,门庭若市。而接着报纸上却刊出了新闻:经过化验,证实是毫无用处的假方。原来这只是一家中药铺玩弄的手法。

百业萧条的结果,是失业人数激增。而报纸

"招聘"栏里，却出现了许多应时的广告：某某新办企业，公开"招请合作"，"亟需各项人才"。应征者跑了去，手续简便，报酬从丰，只要付一笔保证金，就可以当场拍板，回家静候佳音。但结果几乎一样：保证金"招收足额"以后，这些"企业"就化为一阵清风，从此无影无踪；——任求职者抢地呼天，自认晦气完事。

流风所被，及于素称清高的教育界。因为租界难民拥挤，而不少学校已经停课，于是新式的"经济小学"到处出现了。——号称"经济"并不是要对儿童讲授祖传的经世济民之术，或者现代西方的政治经济学，其要义乃是授课半天，学费从廉，"为适应非常时期起见，每月只收一元，且可分期每周缴付"，是针对学生家长而言的。这类学校，大都开设在弄堂里，一无设备，二无师资，名义虽曰兴学，本意实为敛钱，人们循名责实，称之为"学店"——这种做法，尽管难免误人子弟，但较之上述的"非常事业"，已经颇有君子之风，厚道得多了。

至于借播音募款而发财，扣难民食粮而致富，则是其中的尤者。不过这种手法，在洋场上自古而然，不过在战时乘机打劫，更显得情节恶劣，毫无心肝而已。

投机取巧，混水摸鱼，是以引人吃亏上当为

前提的。当此全民抗战,一致对外的时候,这种邪恶的吸血行径,更应当彻底揭露,坚决清除!

一九三八年一月九日

·柯　灵集·

奴隶的错觉

去年圣诞夜，据说有一位先生正在跳舞之际，无意间把后面一位"友邦人士"撞了一下，当时大约诚惶诚恐地道了歉的吧，所以总算太平无事。然而却因此得出结论，以为日本人对我们倒也颇为客气：觉得满意了。

这使我很发生了一点感想。

生的执着，可以使人们勇敢，但也可以使人们变得瘟头瘟脑，毫无志气的。历来遇到异族侵凌的时候，有些人大抵存着两种观念：一种是看得太随便，以为天下兴亡，与我无涉，只要肯安分守己，不患无啖饭之地；另一种是想得太可怕，以为一做亡国奴，就要一个个身试锋镝，葬身无所。到这种时候，前者不是叩头称臣，就是低头下气做顺民；而后者，只要自己幸而不死，在屠夫脸上少看见一些杀气，就要受宠若惊，觉得人家对我们非常优待了。

这都是奴隶的错觉。

事实是并不这么简单的。中国历史上几次为

异族所征服以后的情形，就已经表现得很分明。暴君的进袭，照例得屠杀人民，这是下马威，借以削弱反抗的勇气。但一到军事成功，天下大定，虽然压迫更其严紧，但刚柔并进，有时非但"客气"，还要给以小惠，开始征服你们的心了。不能征服的，也还是虐杀，并且因此发明种种奇酷的刑罚。《明史》里记载燕王即位以后对付不肯屈服的铁铉的办法，至于一块块割下他身上的肉来，迫他自己吃下去，还问他滋味怎么样。

倘使终于屈服了呢？得免于死了，但也总不大相信，时时在提防着你们。有时还设法使你去残杀同类。总之，是要弄得你们颠颠倒倒，不死不活，永远翻不了身。

而大批劳苦的人民，就被当马牛驱使着。最近苏联《真理报》的一篇社论里，指出殖民地民众生活的悲惨，它引用英国《劳工月刊》曾经描述锡兰岛人的生活状态："两年前，数月之内，九万人民死于饥饿，整个村庄变为牧场；锡兰童婴死亡率为全世界最高数目。"又引证美国《亚细亚杂志》所记："印度人民正经历西方人从不知晓之饥荒，教育与一定的文化生活之不能渗入饥饿而死的人群中乃是必然的。"末了说是："在印度，除了少数大好佬，浪费奢靡生活外，人民遭受可怕的贫困与缺少权利……印度人民是全世界劳工

得工资最低的一层,根据美国在印度领事所得的。"(报载塔斯社莫斯科六日电)

这也正是奴隶生活的最好的标本。——归根结蒂:也还是活不了。

在上海的租界里,中国人总算活得还太平,但这是因为我们还有国籍,而且别处都还在战争,侵略者还未能必胜的缘故。但今天(一月十四日)的《华美晨刊》上,却已经看见一则"汽车撞毙行人"的花边新闻,证明侵略者的确很不客气了。汽车撞死路人,在上海本极平常,但紧要关键在于"红灯闪烁,视若罔睹",而车子则正是日本的军用汽车。这使我打了一个寒噤。红灯还不能使他们停车,我们的身体能够挡得住吗?我们把性命看得这么值钱,人家可并不当它一回事。

奴隶们的错觉,我想应当纠正一下了。因为这和真正的做人,是大相径庭的。

一九三八年一月十四日

生 人 气

《救亡日报》自上海南迁，已经在广州复刊，最近看到了几份，反复翻读，如在乱离中重遇故人。

劣质的纸张，草率的印刷，触鼻的油墨气，然而一种自由、泼剌、热烈的空气，力透纸背，扑人眉宇。我不觉深深地吸了一口气。三个月前，我们曾经沉浸在这种空气里，而现在已经恍如隔世了。

有人借口饥寒所迫，出卖了灵魂，不但辱及家国，贻羞后代，也未免太作践了自己。人为万物之灵，生存条件是复杂的，物质生活以外，还有精神生活。诚然，饿死事大，最低限度的温饱是必需的，但仅止于此，则人之异于禽兽者几希！

和空气、阳光同等重要的，是自由。而奴才正是自由的绝缘体。

泼剌的活力，热烈的情绪，加上自由的呼吸，才能使世上充满生人气。

必须从窒息中振作起来，以自拔于不死不活的困境！

一九三八年一月二十三日

苏武与李陵

去年九月,北平失陷之后,周作人致函南中友人,表明心迹,谓"北居固大难,南来亦不易"。"请寄语当局诸公,莫忘此间还有不少苏武,把我们当作李陵看待"。(大意)

寥寥数语,道出了陷身绝域的苦闷,我当时读了,曾为之感动。

国军西去,上海沉沦,居处一隅,来日大难。现在想起一段话,又不免深有同病之感。

从上海到内地去的朋友,多数表示了不闻凯歌,誓不还家的决心,他们和栖滞"孤岛"的故旧,自然鱼沉雁杳,与日俱疏。偶有一纸书来,也是言无数语,除了关切近状,不及其他。因为环境特殊,免得给受信人惹起麻烦,这是不难理解的。但由此引起的寂寞,也真令人难以消受。

"人之相知,贵相知心",是不错的,虽然说这个话的是李陵。在前线喋血、冲锋陷阵;在后方流汗、奔走呼号,和北海持节、啮雪嚼毡,"云边雁断胡天月,陇上羊归塞草烟",虽然处境迥异，应该是千里同心，没有什么隔阂的吧。

不幸的是，在我们的阵营里，也确有少数偷生惜死之徒，向侵略者"屈身稽颡"，步了李陵的后尘。

我也在此寄语内地的故人，莫忘了上海还有无数的苏武；同时希望陷身"孤岛"者，为苏为李，善于自处！

一九三八年一月二十四日

·柯　灵集·

不够"非常"

茅盾先生在《还不够"非常"》一文中说：

"如果后一代的人，读我们现在这'非常时期'的各种刊物，他们猜想我们在此时此地的生活状况，我敢预言猜得一定不能恰好，他们猜想我们的生活一定比我们现在真真的经验的，还要'非常'些。……"

茅盾说这番话的地点是在广州，但对上海的读者特别有意义。因为上海有双重"非常"：一是时代非常，和全国各地一样，正当民族绝续存亡之秋；二是环境非常，和全国各地不一样，这是所谓"孤岛"，在水深火热之中，偏有一片太平风光。这两种非常，合在一起，特别显得不调和，也就是说，特别的不够"非常"。

"孤岛"之所以环境特殊，有其历史和现实的复杂原因，并非偶然。但这对我们处身"孤岛"的人，正好是一种严峻的考验。我们不妨自己检查一下，在这非常的环境里，我们的一言一行是否合乎这非常的时代？

炮声渐渐远去,听不见了,但死亡的威胁,仍在我们周围,奴隶的命运,正在压顶而来。如果习而不察,忘乎所以,那正是堕入了"哀莫大于心死"的深渊。这是每个人都应该时时自反而自肃的。

此时此地,我们更需要严肃的自我批判精神!

一九三八年一月二十六日

暴力的背面

已经是二十世纪三十年代了,历史对人类的教训已经不少。然而人们仍然迷信武力,以为借此可以征服一切。

这是梦想。要不然,两国相争,只要比一比双方的军备,看谁的武器多,谁的新锐,谁就算是胜利者,使对方低头服输,免得生灵涂炭,战争倒可以因此消灭,办法干脆得多了。但事情没有这么简单,武器是要人掌握的,战争不但是武力的角逐,而且是人民精神力量的角逐——双方还要比人心,比士气,比战略战术,比正义与道德力量。武器的多少强弱也不是凝固的,战争中会有消长变化。

战争的噪音,早已离开上海,占领既成为事实,本来应当安稳了。而现在,某些人却还在竭力制造恐怖空气,采取野蛮的暴力政策,来对付手无寸铁的平民,其目的就是为了消灭精神上和心理上的对抗,以补武力征服的不足。——但这是永远办不到的。

革命的暴力,是表示被压迫者的反抗;反革命的暴力,却往往是征服者权力失坠、缺乏自信的表现。暴力政策的背面,正是侵略者的虚弱。

一九三八年二月

论做文章

做文章是难事。要做出有血有肉的好文章，非用可歌可泣的生命打底子不可。聪明人善于做题目，劈头一看，真是仁义道德，庄严得很；可是文不对题，写出来的无非是男盗女娼之类。有的惯于舞弄笔墨，文章的确做得出色，却又因为作者的无行，苦于无人过问。——这是正在上演的改良京戏《桃花扇》里面的，阮大铖自以为填词擅天下，他的杰作《燕子笺》传奇，送进宫廷，大为傀儡皇帝赏识，采选宫人，要将它搬上舞台，为"中兴一代之乐"了；不料一个秦淮河畔的歌女，就当场拒绝排演，为的是不愿奸臣的著作，玷污了她的清白。

新近看到一篇用"爱和平者"署名的《东亚和平建议》，洋洋数千言，说中日构兵，万民疾苦，我们的同胞固然受尽颠沛流离之厄，日本的老百姓，也弄得怨声载道，沸反盈天，为东亚和平计，这种战争，于双方都属不利，还是大家偃旗歇鼓的好。一片蔼然仁者之言，委婉曲折之笔，真是"文情并茂",写得好不动人。可是这文章里有一个大漏洞:他忘记战场是在中国,派了兵打进来的是日本,日本不退兵,中国唯有把他们打出去的一途:这是迫于情势,事非得已,只好请"友邦人士"与"和平家"曲予原谅。而且这样的做法,其实倒正是为了永久的和平。

然而这还不要紧。因为这漏洞,下面也就引出了一个奇怪的结论:说是现在有若干"名公巨卿",愿意出任艰巨,组织"和平政府",实为万民之福云云。原来这样的大手笔,不过是"华中"公司的一纸传单而已。

结论是预定的,笔路非走到这里不可。文章的漏洞,正无怪其然。——是亦不得已也;但这也真是斯文的末路!

"华中"公司的大好文章,正在飞机保护之下,着意经营。但以卖国求荣之实,做悲天悯人之态,纵然锦心绣口,写得天花乱坠,恐怕终于是文不对题,漏洞百出,难免使读者掩鼻而过之的吧。

呜呼!"文章千古事,得失寸心知。"心里想的和笔下写的,如南辕北辙,背道而驰,这怎么做得出好文章来呢!

一九三八年三月

·柯　灵集·

大小花面

　　在战前，我们常常碰见一些冷冰冰的谋士。
　　他们足智多谋，自命不凡，驰骋洋场，出入庙堂，"怡怡如也"。有人对社会不满，倡言兴革，他就慷慨陈词，出来反对，说你的议论怎么不行，见解如何偏激。你说要抗战救国，他在旁边冷笑道："哼，这种人怎么配谈爱国呢！他是别有用心，乘机捣乱！"仿佛他原是国家栋梁，有一肚皮的经国大计，就要实行的，但你们也要横议国是，他就不屑同流合污了。取消取消，一切还是维持原状。
　　现在却又碰上了热刺刺的豪客。
　　在国军退走，狐鼠横行，洁身自好者相率远避之际，这些豪客就出现了。组织政府，维持市面，在侵略者的卵翼下，装出悲天悯人的模样，来"拯斯民于水火"。你说他丧心病狂，他可是一片婆心，"大局如此，有什么办法呢？老百姓苦得很，非加以救济不可。做事靠良心，我们不出面，反正也有人要来的，落在坏人手里，情形也许更坏。"这叫做"我不入地狱,谁入地狱"!

一边冷冰冰,一边热刺刺,然而逼近一看,角色原来是一样的,都是白面孔,不过这回小丑改充了大花面罢了。维持旧习惯,创办新局面,全由他们一手包办;而且天下地上,都是他们的道理。

天下之糟,是大抵糟在这些大小花面的手里的。但只要看花面的没落,也就不难推知中国的将来。

一九三八年三月

无言的慰藉

不相识的朋友,我收到你的信了。

这仿佛是意外事,也仿佛是意中事,读完信,我茫然许久。你现在是被拘禁了两天,并且得到"革职"处分了,因为你在那副刊上发表了一篇文字的缘故。——那文字是由我亲手付排、印了出来的,这一片歉疚与怅惘的心,真叫我没法摔脱。

夜深人静以后,我翻出旧报,把你的文字仔细重读了一次,想找出使你得到这种惩罚的理由。但我找不出。表现在那质朴的文字里面的,只是一颗谦卑的心、一个被蔑视的耿直的灵魂,你说明着:你虽然"受外人的鞭策"作为同胞所轻贱的职业,但热爱祖国的心情,跟别人没有两样。你唾弃那些身驻"孤岛",以"环境"作藉口,流连于灯红酒绿之间,忘记了自己的命运的人们。你要他们扪心自问,在抗战中有没有尽了国民的义务,你要他们检点自己的行为,迎取光明。这平凡的独白,可以从每一个良心未泯的中国人口中听取。也许因为你提到了你那和租界统治者有关的职业？但我看也丝毫没有损害他们的尊严的地方。

然而你终于被黜了。——这也不稀罕。上海已经脱离了祖国的怀抱，而我们，暂时也都变成了奴隶。这不是你一个人的命运，这是"孤岛"上的每一个中国人都应当悲愤、自省的。——但这不幸的遭遇，在你，我想倒并不是意外吧。牺牲是斗争的花，而正义是牺牲的果。"文字招祸，今古同例，况巡捕卑贱职业，作与否无甚关系。"我只是无言，因为心底的感动无从表达。

路长着，日子也许要变得更艰难。在今天的报上，我们又看到了这样的消息：被幽禁在胶州花园的"孤军"，仅仅因为要悬挂国旗，也不容于"环境"，因而冲突、流血，医院里躺着三十几个，其中受伤最重的两位，已经在昨天晚上十一点钟，悄悄地死去了（让我们祝死者安眠吧，我们的英勇的战士！）。这消息更像一块铅，沉重地压在我的心里。但死者和伤者是不会有遗憾的。去年坚守着四行仓库，和暴敌顽抗的不正是这些健儿吗？只有自甘苟安地活着，那才是他们的羞耻。比比那长江两岸的血流、沦陷区的地狱生活，再比比那为国旗殉了生命的情景，我们这区区的困难和挫折算得什么？朋友，你也是曾经从火线上奋斗过来的战士，南市那最后的一片土地上还渗着你的汗液，这道理你当然比我明白得多。——人类的事业，哪有比为民族的自由流血更灿烂庄严的？

使我难过的是，你暂时不能不分出更多力量，去和困人的饥饿搏斗了。

一年来的抗战，使我时常战战兢兢地想到一件事情：躲在外人的荫庇底下动着笔，究竟有多大用处，这样是不是也算没有辜负做人的责任？想着我的灵魂就是一阵颤栗。但这一回你的事情却给了我一点自信，它叫我明白笔尖也还为荷枪的强者所顾忌；而我们的笔墨，也已经不是浪费的了。

黎明也许还远，夜可是分明阑珊了。对于你，除却一片不值半文的敬意，我搜索不出一句慰辞。我只想说，让我们因此更加策励自己，做一个更像样的人吧。

祝你健康，可敬的朋友！

一九三八年八月十二日

"自由"谈

《申报》复刊，曾经窒死在各种各式的围攻与高压之下的《自由谈》，也得到了新生的机会，真是令人如闻足音，色然以喜，连我也不禁起了来谈谈自由的心思。但一提自由，首先就闪过断头台的阴影，志士们一片模糊的血迹。

漫言自由，这真叫做"谈何容易"！何况时当今日，地处"孤岛"，跑路必须纳税，过桥就要鞠躬，倘不照办，连性命都会一起送掉。因为这地方虽是我们的国土，却已经为别人所"占领"，侵略者有了"自由"处置的特权，奴隶自然只好"遵命"了。

然而真正的斗士，虽有热烈的追求光明的心，眼睛却总是正视着黑暗。唯其黑暗，乃须斗争，于是屠刀之下，失地之间，展开奇景：一面是鞠躬与跪拜，一面是流血与抵抗；一面是荒淫与无耻，一面是庄严的工作。

志士愤慨于侵略者的凶残，冒着大险，或为狂呼，或为绝叫，或在严密的钳制之下，装点笑容,弯弯曲曲,从死寂中送出控诉的声音。而奴隶却无须这些,因为他们习惯于服从和驯顺,原没有要对任何压迫者反抗的意思;冷冷地在旁边嘲笑这些婉转曲折地钻出来的声音的,总是他们。大敌当前,但须低首,余下来的,倒是更大的"自由"——谈性交,倡邪趣,悉听尊便,真所谓"天高皇帝远",再也无人管束了。

但更奇怪的现象还有。

有些人们,本来也颇有些反抗的意思,但风声一紧,软下来了,承认了侵略者检查报纸的特权,把自己的言论自由,乖乖地送进侵略者的掌握;侵略者偶一松手,从指缝里钻出头来,就笑嘻嘻地忘其所以,自以为有了探头的勇敢,指掌之间,倒也驰骋自如。得意之余,于是以"国货"自居,用"挂羊头、卖狗肉"的毒喻,来讽刺别的不受检查的报纸。但另一面,却也真有这样挂着"羊头"的狗肉铺。虽然自称是要执行公正的舆论,以为"大众喉舌"了。不料这"喉舌"里所发出来的声音,不过是嘤嘤嗡嗡,对于"和平"论者的辩护;号称"自由"的副刊上,却连咒骂傀儡的曲子都悬为禁例,不准唱出。

而抗战声中,杂以"钲鼓镗鎝",血污池畔,居然"袍笏登场",替神怪影片喝采,给色情艺术撑腰,"孤岛"之上,独来独往,可又实在"自由"透了。

然则这何补于中国的自由？这样的做法，倒正是为侵略者所喜的。

我这才吃惊于自己的忠厚，佩服起"羊头""狗肉"说来。

鲁迅先生把曾经发表于《申报·自由谈》上的杂感，辑集起来，召之曰《为自由书》。在该集所收的《崇实》一文中，他明白地说道：例如这《自由谈》，其实是不自由的，现在叫做《自由谈》，总算我们是这么自由地在这里谈着。——是的，目前我们也还不是恣谈自由的时候，然而大家不可忘记：鲁氏遗言，已经是将近六年的旧话了，如今时移势易，半壁河山，已成焦土，而有些所谓的"大众喉舌"，却正在努力开倒车，直开到凌驾六年前的光景而上之。

此之谓"下流"——一代不如一代！

一九三八年十二月

·柯　灵集·

关于《斗室漫步》

　　××先生来信，说是他要办杂志了，要我"如《斗室漫步》的散文，写他一篇"。现在正是文坛上闹"蜀中无大将，廖化做先锋"的时代，接到征稿信，照例有些受宠若惊。文章虽不妨写，可是像我这样的角色，能够写什么呢？

　　"十有九人堪白眼，百无一用是书生"。是黄仲则的诗句吧。细想起来，也真是洞察世情之言。人们是大抵觉得自己总比别人高明，较同辈正直的，放眼看去，觉得举世都是矮子，原也无怪其然。至于"书生"的无用，抗战以来，实在也已经表现得十分露骨的了。

　　有些人只要过一个年，就可以脱胎换骨，面目一新；而我却不免时有怀旧之感。提到《斗室漫步》，也就联想起"八一三"战初起时的一些情形来。——自然，把它忘记了，也许可以活得轻松些。然而，我记得的。

　　这几年来，因为对于国事的苦闷，主张抗战，鼓吹救亡，自以为也颇不遗余力。不料炮声一响，首先将自己的饭碗打碎。"好，终于抗战了！"一面透过一口大气，一面也就来了心事：以后的生活怎么办？上前线呢，手无缚鸡之力；要改行另图高就，大家也都在失业，何况自己会使用的又只是一支笔，救国无门，求生无路，干脆来个"痛心国难，绝食自尽"吧，却又不大甘心。总之见笑得很。这一回是真真"没落"弄得狼狈之至了。

万万想不到的是，抗战期间，文人居然还可以用笔养活自己。大约有一个月光景吧，我简直就老老实实卖起文来了。但困难也还有。文章在中国本来就不值钱，这一回是非常时期，报馆发稿费也就有非常办法：千字一元，这算是特约稿件，非常优待。而更为难的是没有材料可写。报纸副刊上可以堂而皇之地攻击汉奸，畅谈抗战，那还是后来的事，当时流行的，却是"色情诗话"之类。现在《大晚报·剪影》上的几位"前进的作家"，那时也都还有养晦期间，没有目前这样的激昂。写"色情诗话"我缺少才情；写不亢不卑、赶时髦、又前进的影评剧评，我没有学问，真是"危危乎殆哉"！没法想，只好"迂回曲折"一下了。转弯抹角地，发抒悲愤，歌颂战绩，而有时还不能免编辑先生的斧钺之灾。因为感慨于言路之窄，我当时所写的一部分文章，就冠之以一个毫不轩昂的题目,叫作《斗室漫步》。

不料这终于成了后来的"前进作家"的口实。他在写电影批评、艺坛消息之余,挺起笔锋,以"俯仰天地,徘徊斗室"的罪名,猛然向我的咽喉直刺过去了。

我不是战士:这一点,我很有自知之明。在我的笔底,倘使还有些锋利,那不过是刺猬身上的刺,只用来勉以御敌的;有所控诉,有所抨击,也只是平凡的不甘为奴的呼声,其没有喑恶叱咤之气,可谓理所当然。

这是我的悲哀。——却也正是这地方一切奴隶的悲哀。

然而,上海毕竟还有敢作敢为,并不惧惮手榴弹的人在,他们恣肆咆哮,冲击驰突,恰如深山的猛虎,人间的闯将;而我们的舆论界,也终于突过威胁,冲破恐怖,渐渐明朗起来,使我们知道:荆莽中还有着坦途,猛士的眼前无所谓绝望。

在无数闯将以血肉之躯擂平的路上,路人是有福了。它不但指引迷途者,还使有些人们有了驰骋的场所,或则化身为"海燕",翩然自得,说是在迎接新时代;或则装扮成"总管",勃然作色,责别人拒绝了春天的光降。以鸣鞭为战绩,将扯淡当前进了。

到今天回想起来，却也真禁不住慨然。

有一位先生，曾经责备上海的作者，为什么不上前线到内地去。——惭愧之至，照目前的情形看，我暂时大约还要留在上海，用笔写下去的。但《斗室漫步》那样的东西，却实在不想写了。并非悔祸，因为无论为己为人，这毕竟不是有趣的事。这一篇东西，目的只在纪念我自己的狼狈而已。——虽然对于抗战，这也是一种"可耻的浪费"！

一九三八年十二月

新春两愿

　　我的感觉是迟钝的,逢时过节,大抵淡然,像平常的日子一样。唯独遇着过年,心里也不免有些异感。——又是一年了!因为吃惊于流光之速,于是仿佛也有了一点触动。

　　自然,我似的俗人,生命的盈虚是无足重轻的。然而日子过得快,工作做得少,想到一年容易,百事蹉跎,也难免有些感慨系之。

　　"爆竹一声除旧",在有些志士,是以岁序更新之初,为新生的起点的,新计划,新愿望,同时产生,有裨于国计民生的大事业,要从此开头了。我呢,以前种种既然不容易"死"以后种种大约也未必"生",从此革面洗心做好人的决心,是没有的。不过希望仍旧活下去,做一个平凡的中国的老百姓,做一点自以为还值得做的事,还是老调:不长进得很。

　　然而,多了一年做人的经验,收获不见得一定没有,而且,检讨经验,也还可以抽出一些新的愿望来。为着表示我自己的存在,我细细地想了一想，决计趁这"一团和气"的新年，恭恭敬敬地陈明我的两种愿望——

现在是抗战期间，一切都要非常，自然是非常之对的。但平常的做人的道理，在有些地方总应该一样，抗战所争取的目标，也无非是使大家能够自由自在地做人，不至于沦为奴隶；将来胜利之后，我们也还要做人做下去。根据去年有些"前进"的舆论家的新禁例，在抗战期间做人，是哭也哭不得，笑也笑不得的。——笑固非其时，眼泪鼻涕又足以丧战士之气，大家只好永远把面孔紧紧地绷着，像站在寺庙门口的护法韦陀一样。但我想，高兴了笑，悲哀了哭，这正是人情之常，而况目前可笑可哭的事情，又如此其多，只要不至于一笑倾城，一啼毁国，也不妨给一点自由。所以我的第一种愿望，是：希望"前进"的舆论家稍为近人情一点。会哭会笑，会打会骂，这才像个人样；要不然，总管鸣鞭，禁卒押道，我们倒真要化为奴隶了。

在焦土之上，失地之间，作着反抗暴力的呼号，当然是厥功甚伟，不在禹下的。但抓一面旗帜，便以为"出人头地"；写一篇文章，又以为"旷世奇功"，这就在激昂慷慨之间，露出了侏儒的影子。至若起愤慨于无端，贾公仇于私隙，以为举世滔滔，只有自己是爱国的君子，别人的意见稍有不同，便派作"汉奸"，指为"托派"，甚至捏造事实，妄加诬陷，这已经是毫无人气的行为，对于抗战，也就很近乎"可耻的浪费"了。所以，我今年的第二个愿望，是：希望今年的文坛上少几个捏造出来的"汉奸""托派"之类。

这愿望很卑微，但我想，也许会因我这一愿望，弄出相反的结果来——我自己先被责为"无病呻吟"，派作"反动分子"，也说不定的吧。但我似的人有一个毛病，这就是写文章（自然都是"浪费"的）只能说心里要说的话，而说出来的，又都不大堂皇；文章里的"政治意识"，也大有待于"指导家"的"提高"。这也真是无药可救，没得法子的事。——倘承"前进"舆论家们特别宽容，免予诛戮，那就不胜"屏营待命"之至了。

时民国廿七年除夕前一天，诚惶诚恐，预作我新年的愿望如上云。

一九三八年十二月

还是需要讽刺

大家都会说,现在是"上下一心,团结御侮"的时候了。不仅会说,而且早成了老生常谈,照上海的风气,是应该像流行的时装一样,另翻花样的了。虽然大家又都知道,这次中国的抗战,最使侵略者感到棘手,而且大出意料之外的,正是全国人民在政治上团结的紧密。

团结是需要力气,需要热忱的,有时又往往与小我的利益相背驰,所以毕竟还不如大家做"散沙"来得有趣。而况现在我们又住在"孤岛"上,"环境特殊",倒不如关起大门来,顾自己打打麻将的好。

然而又并非真的关门。例如打牌,虽属消遣,也有输赢,人瘠则我肥,大家倒霉,自己就有运气。在这种场合,就要会看风使舵,看准大家的弱点,一镖打去,打个正着。

我们擅长的也正是这种本领。

外汇涨了,商人纷纷地来协力提高物价;说是"血本攸关,聊资挹注",其实货色是老早进了的，等待的正是这样的机会。时局不稳，米店得风气之先，照例就"四壁萧然"，乘机居奇，哄抬价格，闹得人心惶惶，仿佛就要陆沉。结果是多数人更瘦了，少数人更肥了。此之谓奴隶的悲剧！

然而也还有更穷凶极恶、近于劫夺的剥削，那就是使人谈虎色变的，二房东的居奇。

无眷不租，人多有小孩的又不租。万一承情，出了高价，预付押租，可以住进去了，他不高兴时又可以随时加以驱逐。记得不久以前的报纸上，说曾经有一个房客，女人要生孩子，被二房东逼着马上迁出，结果女的因为疲劳，还没有走出弄堂，就倒在地下，临盆了。后来怎么样呢？我们不知道。另有因此争执，至于动武，而结果打了官司的，则有"律师殴伤房客"之类：

"住吕班路花园村五号律师吴锡泉家，有四层阁楼一间，于上月十一日租与南通人在大生纱厂任事之朱警词居住，每月租金五十五元。朱迁入，交付两个月租金一百一十元。住至本月四日，吴忽令朱迁让，着于五日迁出。朱答以须住到满月迁移，致双方口角冲突。四日夜间十时，朱由外回家，洗浴甫毕，吴竟行凶将朱殴伤，鼻孔出血，右额角青紫，由朱报告捕房，派探调查，传双方到案侦查，昨日上午解送特二法院刑八庭请讯……"

四层阁楼一间，月租五十五元，预付两个月，却不到一个月就逼迁；而且将人家打得"鼻孔出血""额角青紫"。而这位先生却是个律师。——这样的律师！

说他"个人主义"吗？那是远远不够的，那样出格的自私和残暴，已经很少"人"气。说是汉奸叛徒之类呢，仿佛又不是的，因为他并不附敌。然而这样的角色，却也老老实实是侵略者的帮凶。

有人说，现在是抗战时期，我们只要对付敌人的突击，可以无须讽刺之类了；然而我想，我们缺少的，倒正是一支果戈理似的无情的笔！

一九三九年

·柯　灵集·

自杀并志

　　上海一向是销金窟,许多人在这里活得极其有趣;但自杀的人们之多,似乎也可以"首屈一指"。"八一三"以后,炸弹大炮轰死了许多平民,寻死的倒像是少了。一直到上海成为"孤岛"之后,报纸上这才又常常看见自杀的新闻。近来看《申报》,本埠新闻栏里有了《自杀并志》这样骇人的题目,而每天"并志"在这题目之下的新闻,总有好几条。上海的生路之窄,也真是"不难想见"了。

　　为什么要自杀呢?

　　许多自杀者的境遇我们不大清楚,报纸的记载恐怕有时也要打折扣的。但揆诸情理,大约是生计困难者为多。即使为了恋爱问题,恐怕也不大单纯,有许多的自杀,往往是被压迫者对压迫者的消极反抗,是近于古已有之,名目极其堂皇的所谓"尸谏"之类吧。归根结蒂,忽然觉得活得不耐烦的人,恐怕是很少的,虽然自杀者大抵是亲口服毒,亲手结上吊绳子,仿佛都是自愿,其实倒是被杀的成分居多。

　　世变如此之亟，而有人还要送掉自己的性命，也诚然令人惋惜，无怪乎热心之士，要大加申斥，责备他们"既然拼了性命，何不献身抗战"了。话是的确对透了的，然而倘使有一个正要寻死的人，听见这话，放下手头的来沙儿，恭恭敬敬地跑来请教，问："我怎样的献身抗战呢？"被请教的，恐怕一时也不大容易回答吧。

　　抗战是重要的，但是跟生活分不开。故论者曰："抗战建国，必须同时改善民生。"

　　上海沦陷了，谁无失地丧家之恸，而况还有生计的压迫！自杀之多，岂偶然哉！同情纵可不必，体谅却还需要。若兢兢于责备人们的懦怯、堕落，或者竟加以"逃避责任"之罪，而忘记了他们的轻生原是为环境所迫，那倒是有意无意地替侵略者开脱罪名了。

　　自杀者日增，问题诚然严重，然而如何补救，还须关心社会民族者的深思，切实挽救。我们谈到这些的时候，也最好不要随便责备病人不讲卫生才好。

一九三九年

谁在撒谎

说话有两种，一种是真话，一种是谎话。

谎话意在骗人，目的自然要人相信，因此上当。撒谎撒到了明知道没有人相信，而还不得不撒的时候，这就沦入撒谎的末路，只好骗自己了。

现在据说是应当说"老实话"的时候了。这好得很，我们爱听。然而谁撒谎来着呀？日本侵略中国，妄图灭亡中国，是事实；而中国除了抗战，没有第二条路，也是事实。这一切都清清楚楚，无从扭曲，无从粉饰。两年来的事实，只证实了"抗战必败"的漫天的大谎：中国人没有战败，中国的土地并没有变灰，连沦陷区里，也还有老百姓在战斗。

凡事实，即使是怎样的巧舌，也颠倒不过来的。

世间有一种人，一生巧舌如簧，专说谎话，到头来一句真话就全盘推翻了它们。只要有这样的一句，也就不算很坏。而不幸现在提倡"说老实话"的人，连最后一句也是撒谎。

专门鼓吹"和平"的报纸，我们即使承认他们是真有着"和平"的心，事实也无法叫人相信。关于战争消息的报道就是一个很好的测验。——中国的土地被狄人侵占了，一个真正的中国人，而且是倾心和平的，会出之以幸灾乐祸的态度吗？

一九三九年

魂兮归去

被称为"轰炸之王"的日海军航空队司令官奥田大佐，于本月四日空袭重庆一役，败于中国空军，成为"轰炸之鬼"了。乍看报上的消息，感到轻松，同时也感到沉重。

我不知道在日本怎么样，在上海这个畸形的商业社会里，我们对"之王"一类的东西，是照例有些滑稽感的。商品广告中，动辄"巨擘""冠军"，瓜子封王，花生称霸，两个极不调和的名词，偏偏联在一起，仿佛故意要引人发笑。但"轰炸之王"，却使人有毛骨悚然之感，因为它充满了血腥气。

我们当还记得五月以来重庆的几次大轰炸吧，在晴空朗日之下，月明星稀之夕，铁鸟戏阵，炸弹如雨，下界是火光烛天，哭声震地，悲惨胜于阿鼻地狱；而在上则有敌机翩然翱翔，悠然下手，对和平城市中手无寸铁的民众，施行着屠杀。其屠杀手段最高明的，誉之为"轰炸之王"。

这是多么野蛮和可怕的称号！

本来这也无怪其然。在以侵略为国策的国家，奉屠夫为神明，正是一件极其自然的事。然而对于人类的和平，世界的文明，这又是怎样的亵渎！

现在"轰炸之王"幸而不幸，变作了异国的游魂。惯以飞机杀人者，终于自己死在飞机里，这虽然未免显出命运的酷虐，但在理智清明的人看来，却也不能不说是大解脱。因为倘有人性，他就难逃良心的鞭挞，在轰炸机里蕴藏着矛盾与苦痛；"放下屠刀"，一暝之间，他倒是逃脱军阀的压制，也算是为自己的一双血手赎罪，好让兵舰载着他的骨灰"凯旋"了。

魂兮归去，静静地在故国安眠吧。

一九三九年

·柯　灵集·

文人与妓女

　　文人与穷困是孪生的兄弟,这一说"由来久矣"。到了今天,米价贵于珠价,而稿费日贬,遂使专门介绍嫖妓捷径的小报上,也有"文人不如妓女"之叹了。
　　这也真是一句出色的名言,切贴之至。妓女是卖淫的,而现在有些"文人"也正在用笔卖淫。但妓女夜夜迎新,难免有"名花堕溷"之感,所以有时候就要盯着阔少或巨贾从良。"文人"既然比妓女还苦,择人而事,当然也属必要,而此时此地,可作为目标的,自然非高车骏马、顾盼自豪之流莫属了。
　　"名花有主",昕夕承欢,于是乎得其所哉!
　　但更多的不做妓女的文人,可真真够苦了。生活压得抬不起头,环境逼得透不过气,既不愿沿街卖俏,就只好依人作嫁——投稿。不料文章苦贱,"蓬门未识绮罗香",姑且不论,连肚子也只能吃得半饱。
　　在这种情形底下,报上却出现了触目惊心的

广告:"某某月刊""某某周刊"要创办了,征求"海内作家,惠赐大作",稿费十分优厚,录取也极便当,令人眼前一亮,仿佛凭空发现了一线光明的希望。一查地址,却是邮政信箱几百几十号,用邮递是可以的,倘要查根,就得先领一张"通行证"。

原来跟前些时候报上"招请女职员"的广告一样,专门引诱良家妇女入彀的。稍为老实一点的人,就容易上当。

然而在这种地方,上当的又往往并非困于贫穷的"小家碧玉",她们阅世较深,什么是陷坑,什么是坦途,还有些辨别的能力。最危险的是那些初出茅庐的"交际花",因为一心想出人头地,颠倒众生,于是不管张三李四,秋波乱送,终至于糊里糊涂,断送清白而后已。

本来可以来去光明,而常常在不尴不尬的刊物上抛头露面,弄得别人疑神疑鬼的,正是这一类。由我看来,是也有些"可慨也夫"的。

一九三九年十月

女　性

　　妇女问题久已没有人再谈，似乎早就不成其为问题了。但理论后面，却阴森森地站着事实，分明还在要求着解决。中国的社会就是这样的社会！

　　商店里用女职员，机关里有花瓶，从前南京（？）设女警察：意在点缀，不言自明。但这两年里面，我们却有无数女性上了前线，她们用自己的行动，表现了她们的勇敢与有为，决不在男子之下。

　　然而邮局里却堂堂正正地用了命令在限制招收女职员。

　　而且："已嫁之女性，不得报考；其入局后结婚者，则于将结婚时加以裁退。"

　　为什么呢？

　　我们知道，只有上海滩上的明星、优伶，以至红舞女、红倌人，这才避免结婚，因为一结婚，虽然占有了一个男子，却要失去了"群众"，没有人捧场了，号召力会大大地减弱。但这正是社会逼成的病态，并非她们的初衷，是很清楚的。邮局里的女职员,无须出卖色相;结婚之后,按理说来,也决不会妨碍职务,何以对她们的婚事如此之深恶痛绝呢!

"幽默家"说结婚是女子的职业,莫非从邮政局的领导者看来,这的确是真理,所以女人一做男人的太太,就不许兼职了吗?

这些都是空话。结了婚就不准有职业固然是一切道理以外的道理,说女子能力不如男子,也只是存心找碴儿。一切早已明明白白,无须多说。

值得重视的是女性自己的行动。一切在前线和后方奔走着的看护和女兵,她们就用事实在分明地指斥了。这种奇怪的现象,不过是传统的、对于女性的歧视和污蔑!

一九三九年

·柯　灵集·

辨矫枉过正

中国的儒家一直提倡中庸之道，所以我们也不免有些中庸气。比方说思想吧，激烈不算坏，但倘说"过激"，就使大家觉得可怕，保守家恨入切骨，远而避之了。

我们有一句成语，叫作"矫枉过正"。这就是说：凡事有一个适当的限度，过与不及，都不能恰到好处，过了度，就变作"矫枉过正"了。"矫枉过正"和"过激"含义不同，却有它们的共通点，演绎出来，也就是"过火"。

譬如说抗战救国吧，这是天经地义，凡是今日的中国人，谁都应当把它当作首要之务。但倘使有人打个哈欠，就加以责备道："你为什么这样的颓废！你应当振作起来，实行救国呀！"爱国之殷，虽然十分可佩，但未免矫情，失之过火，因为抗战救国，并不能跟生活分开，这样的吹毛求疵，就显得超越常情，"矫枉过正"了。

然而也有许多事情，用得着"矫枉过正"的；原来所谓"中庸之道"，在有些人的手里，不过是一面守旧的盾牌。你要改革，他也知道大势所趋、非改革不可了，就来一手"中庸"作为缓冲，把你尽量地往后拖住。对于这样的人，就非"矫枉过正"不可，先过了头，再让他拖回一点，这才能够真正合乎中庸，恰到好处。

这里也还得提到"弑父案"。——关于这案子的意见中，有一种把杀老子当作家庭革命，据常情说来，其实是过火的；但对于一般拥护旧伦理观念的人，我以为倒是一服对消的药剂，过与不及，拉直起来，庶几稍近于持平。

在新旧交替的时代，有许多事情往往不能正中肯綮，但为了它的进步，与其中庸，不如过激！

一九三九年

中国的传统

——双十节有感

小时候读过的教科书,现在自然连影子也没有了。但也有印象极深,不易忘记的,那是"我国以农立国,地大物博,人口众多"。然而细细想来,也并非自己对于这一课特别有兴趣,或者它特别合于儿童心理;倒是因为大家常常提起,已经成为口头禅了的缘故。

我们是中国人,而这说的正是我们的祖国,这也是很自然的事。

不过一到变成套语,把它脱离内容孤立起来,就渐渐地听得无聊;尤其是到了没有出息的人的口里,真有了阿Q的"我的祖宗比你阔多啦"的意味。

原因简单:因为强邻蚕食,政治混沌,渐渐有不能"地大物博"之势。单是这样说说,而不想保有这光荣,自然是很成问题的。

一直到抗战以后,这几句话才得到了庄严的诠释。

是的,中国"地大物博,人口众多"。因为如此，她所以有无尽的资源，雄厚的实力，使野心的侵略者深陷泥淖，无以自拔。但更有意思地说"我国以农立国"。

中国农民的特质是刻苦、耐劳，有点保守性；把这些结合起来，正是一种坚毅不拔，忠贞不二的精神。在前线，他们可以前仆后继，毫不吝惜地把血灌溉到祖国的土地上；在沦陷区，他们可以杀身成仁，用生命替这古国保存她凛若日月经天的一点正气。

而辛亥革命，又证明中国的民族保守性，并非是顽固和拘泥，她兼有着反抗和革命的因素。她的悠久的历史，造成她的优秀的不可征服的精神传统。

"我国以农立国，地大物博，人口众多……"

一九三九年

·柯　灵集·

无声的上海

——为《文汇》等六报停刊作

　　上海曾经寂寞过，然而这寂寞却引出了喊声；它也曾为恐怖的氛围所统治，然而这恐怖却锻炼了斗争的力量。因为这虽是"孤岛"却并非地狱，我们也还有着一切人世间应有的光与热。

　　威胁、利诱、绑架、暗杀，出奇出格的手段，这一年玩得还不够多吗？可是谁曾向钞票低头，对手枪屈膝！如打石头，不断地击撞才能使火星飞迸，贯彻战士的意志行动的，正是取火者的心。他们与暴力搏击，与愚昧搏击，他们为自由呐喊，为正义呐喊。力气尽了，喉咙哑了，他们愿意退回草莽，休息着，等恢复了活力再继续战斗。

　　在战斗的间歇中，支配着这世界的是巨大的沉默。

　　这时候，"和平"的叫卖，无耻的中伤，色情的呻唤，一切离奇的调子，都从昏乱中浮起来了。有如夏天的营营苍蝇，嗡嗡的蚊蚋，飞绕在人们的耳边，做着梦寐似的催眠声。

　　然而这却是非人世的声音。

而沉默又并非灭亡。

在黑夜，市声沉下去了，一切静寂；但这正是白天的活动的准备。"石在，火种是不绝的。"使战士灭亡的不是暴力的压迫，而是斗志的销蚀。只要有侵略，也就有斗争，只要有斗争，也就有活气。出卖灵魂，出卖祖国的，只是那腼颜事仇的妓女政客，以及围绕在这些活尸左右的嘤嘤嗡嗡、蠕蠕而动的一群。

大雷雨的前面，照例有刹那的静寂。突破这"无声的上海"的，也必然是更伟大和壮烈的声音！

一九三九年七月

·柯　灵集·

烽火两年

——纪念"八一三"两周年

中国似乎是出名健忘的民族，在抗日的历史上，我们就曾经得到过"五分钟热度"的讥嘲。这讥嘲出乎敌人之口，是不仅恶毒，更带着极度的轻蔑的。

背着这轻蔑的重担，受着宰割，受着委屈，一直到"八一三"那一声冲天的号炮响起之后，这才用我们战士的血液，冲洗了耻辱的标帜。这一回证明着中国人的热度不止五分钟，也决不止两年的了。

自然，我们也还不缺少健忘的人。

在时间的洪流里，这些人们打着滚，翻着跟头，枪林卖笑，刀头舔血，忘记了时代，忘记了环境，并且还忘记了国籍，"和平""和平"，跪在主子的脚前，张开伶俐的嘴巴，仰承几口唾沫，当作玉液琼浆来吃了。有的平时唱着高调，貌似进步，一到事情碰到头上，却就借口环境所迫，膝头软了下来。"以前种种譬如昨日死，以后种种譬如今日生"，扭曲格言，借作护符，他们脱胎换骨，把记性一刀砍死了。

现实无私，时间寡情，在历史的大镜子前面，人兽之分，判然若隔，是当然的。然而仔细想来，这其实乃是骨气问题，与记性无关，这些角色，原是随时随地，都在准备着"变"的。

真正代表中国的，是默默地战斗着、吃着苦的老百姓。

多少家庭破碎了，多少土地烧焦了，多少生灵变成了枯骨，然而他们咬紧牙关熬着。他们也许不算是战士，也毫无喑恶叱咤之气，可是恩怨昭然，敌我分明，有钱出钱，有力出力，切实而且坚定，对得起国家民族，无愧于天地祖宗，作为抗战的支柱的，也就是他们。

历代的积毒，要一时除根自然不容易。抗战正是一种外科手术，只要肯开刀，一面剪去腐肉，一面生长新肌，自然也就有痊愈的希望。这条件，第一是熬得住痛楚；第二是经得起时间的考验，——五分钟不行，两三年也不够的。

烽火两年，时间不算短了，回头望望，真不免有些"前尘如梦"之慨。可是拨开尘网，雾中的红日似的透露在前面的，正是庄严的胜利的面影。这证据，第一是我们已经从积年的轻蔑中，磨炼了韧性的战术；第二是借着时间的淘汰，正在筛清民族的渣滓。——忠与奸的壁垒，进步与顽固的阵营，我们从来没有划得这么分明。

韧，是成功的基础；而失败的母亲是乏。

"五分钟热度"，应该成为历史上的名词了。面对着这耻辱的石碑，让我们每一个人再来对自己下一回警告：无论什么时候，只要在中途、压在我们的身上，在终点之前停步，这石碑就要永远压在我们的身上。

把掷来的轻蔑，化作仇恨还击过去吧。迈开坚实的脚步，向胜利迎上去！

一九三九年八月

我要控诉

我要抗议,我要控诉!

中华民国二十八年九月一日,《大美晚报·夜光》编辑朱惺公先生被暗杀了。这是汪精卫最近所施行的恐怖政策的牺牲者,新闻记者被杀害的第一个。

死者在生前曾经接到过恐吓信,上海所有正直的新闻记者都接到了。以破坏"和平"相谴责,以支持抗战为炯戒,这发信者正是汪精卫的党徒。但大家对恐吓反响是一致的轻蔑,坚决的行动。只有朱惺公先生发表了公开信,加以驳斥,于是他招来了狠毒:两个暴徒挟持着,另一个从容地用手枪抵住他的太阳穴,加以击杀。事后汪精卫却命令林柏生出面来替他洗刷血污,还指朱惺公先生为"共产党式的作者"。——即使共产党可以入人于罪,这也是无端的构陷,朱惺公先生死去了,他的文字还在,它们将为杀人者的罪恶作证。

死者手无寸铁的文人,他只有一支笔,对祖国的无限忠诚。拥护抗战到底的政策,反对卖国求荣的"和平",也许是他的罪证,然而作为一个中国人,他是值得尊敬的!

不料人心的险毒和卑劣竟至于如此!对以武力侵入我们国土的仇敌奉行"和平";对自己徒手的爱国的同胞,却实施暴力。

对于这样的无耻与野蛮,我们还能说什么话呢!假如正义在世间尚可托足,人性还不至沦于末劫,那么即使被杀害者的血汇成洪流,也无从冲淡人们的憎恨——不可磨灭的,永久的憎恨。两年以来,中华民族正倾全力以与敌人搏斗,对牺牲决不会吝惜;但战士不死于敌手,却死于民族的内奸——侵略者的鹰犬的手里,真是太使人痛心了,朱惺公先生求仁得仁,以生命完成了自己殉献志愿,却替我们留下了最大的悲愤。这一血案的发现,则是中华民族的奇耻大辱!

原谅我的质直,朱惺公先生生前所发表的文字、所表现的思想,我是很少同意的。对菊吟诗,剖瓜寄慨,那种属于过去一代的作风,在较为年轻的一代中,是很少同意的。他对恐吓者公开应战,慷慨骂贼,对着暗中射来的冷箭,袒胸露腹,毫无隐蔽地挺立于壕堑之上,分明可以看出这不是个有政治谋略的前卫战士,而是一个耿直无畏的义民罢了。然而他也竟逃不过毒手,还给他凭空扣上一顶红帽子,从这里我们明白了"和平运动"究竟是什么东西，他们究竟要将中国摆布到什么地步！

可是让我们以最大的敬意献给死者吧，因为从容赴义，终究是难能可贵的情操。我们不能不奇怪的是，同是新闻记者，而且是一个副刊编辑的殉难，一周以来，为什么上海各报的副刊上竟没有一点表示？唇亡齿寒，纵不为公理与正义，也应当为自己呐喊一声吧。看看《夜光》中读者哀悼的热烈，我相信投稿者决不会没有的。敬爱的先生，你们何所为而沉默？尤其是平时慷慨激昂的副刊，《剪影》和《浪花》上动辄骂人为"汪精卫"，比人以"张伯伦"的前进的作家哪里去了？

行动胜过语言，战士在冲杀中未必一定大叫；但谁也无法否认，语言也正是行动的一种。躲在壕堑里是可以的，但他本身必须是战士。对暴行的噤默，却是对战斗的回避。

我要抗议，我要控诉！

一九三九年九月七日

唱 老 调

二十八日《夜光》所刊绍羿先生的《感从中来》里面，有提到"集纳文学家和副刊编辑家"的，云："集纳文学家之所以被人瞧不起，原因就在说老话，说过去已经说过了的话。这些统统拥塞在工商业广告的左左右右，上上下下，每一天，每一月，每一年，都好像在翻旧账簿，读老历本一样，全无新趣，也没有时代感，更缺乏现实味。"我既非"副刊编辑家"，也不是"集纳文学家"，然而每天看报，偶或投稿，此中甘苦，自分还晓得一点，拜读了上面所引的一段文字，真是不禁"深有感焉"。

我们也诚然有这样的"文学家"，经年累月，寿星唱曲子似的专唱这几句。拟定公式，塑就定型，凡有相似的事象，就给以一定批评，天天换题目，篇篇老文章。然而这样的作者，或则累于生活，非写稿不足以果腹；或则囿于声望，非常常发表高论，不足以表明他的存在。一面既少新意，自然只好专炒冷饭。不过有许多文字，看似老话，也还不算远离时代，逃避现实，倒也有它的社会根据的。

中国的社会，就好像是在兜圈子，看看是在前进的，但三个弯一转，也就到了老地方。空口无凭，不如举例。妇女解放问题，够陈旧了吧？但邮政局里还在限制女职员，这样的事情，除非你没有感想，或者愿意沉默，否则就非唱妇女解放的老调不可。再举个例，"奸夫淫妇"，我们知道还是封建社会对于男女相爱的专用词，至少也有几百年历史了。有人在目前还提起"自由恋爱"说来，恐怕是很少人不讥为迂腐的，然而全国的报章上，也还是满纸的"奸夫淫妇"，靠它吸引读者，其流传之久，不足以令人吃惊吗？

"李杜诗篇万口传，至今已觉不新鲜；江山代有才人出，各领风骚数百年！"自有其片面的道理，但那是骚坛墨客的事，对于一个"集纳文学家"，我们第一应当希望他目光不离现实。有许多社会问题，说一遍是不够的，一个人说也是不够的，必须多说，大家说，然后才能使这麻木的社会稍稍有一点警觉！

一九三九年十一月

·柯　灵集·

鬼混哲学

我们有一种极其古怪的处世哲学，这就是"鬼混主义"。

原来算是在做人，一样以无涯的岁月，对付着有涯的生命的，浪费一天，也就是向坟墓跑近一步，本来并无什么玩笑可开。然而偏有一种聪明的办法，使庄严的人生场面，在嘻嘻哈哈之中打发过去。

他们并无一定的主张。做官就做官，经商就经商，做文学家就做文学家。今天追随张三，可以慷慨激昂；明天陪伴李四，无妨风流倜傥。

做人八面玲珑，无分爱憎，一例笑嘻嘻地打拱作揖；做事一鼓作气，不问是非，一例热烘烘地使劲出力。然而按诸实际，对人固是敷衍，对事也无非搪塞。

只是在一件事上，他异常认真，毫不放松。——这就是个人的利益。

这才真的是十足道地的"个人主义"！民族、社会，在这类人的天平上面，分量远不及个人。

打仗以前他爱国，因为爱国可以做官；打仗以后他通敌，因为通敌可以发财。"吾道一以贯之"，前后并不矛盾。然而看见熟人，他悄悄地说道："为的吃饭呀，谁愿意这样做呢。混混而已！"——时机一熟，他还是要"爱国"的。

精通了鬼混哲学，就可以走遍天下，无往而不利。可是无论什么场合，只要有鬼混专家在内，却就无往而不败。

一九三九年十一月二十七日

观世偶得

　　学合所用，用符所学，是社会进步的原理。但在中国，人与事的配合却往往极其离奇，尼姑放焰口，惰民做道场，算命先生办教育，杀猪师傅当医生，结果就弄得颠颠倒倒，面目全非，恰如一幅套错了颜色的石印画，只是阴错阳差，离奇夹杂的一团。

　　还有一件怪事，就是中国人手头一有钞票，往往就变成万能博士，真是"钱可通神"，百窍皆通了。开店他做董事，办学校他做校董，这还算本分，连上至天文下及地理横尽市政建筑之类的什么学会里，他们也往往是理事或顾问。

　　而且大抵风雅了起来。玩古董，赏字画，雅兴勃发了。

　　风雅是方便的，有了钱，就可以买。当会员或理事是可以的，因为在中国，连刊物里的"名誉编辑"也有，有了地位，也就无妨到处挂名。

　　然而认真不得。

　　一认真，以为财星照命之后，文星也来拍马，自己真是满腹经纶，挂名改成实缺，就要坏事。玩赏字画古董之余，也居然摇头吟哦，举笔挥舞起来，还不过自己闹闹笑话，令人噫笑而已。若以自己的大作为标本，以自己的浅见为尺度，又借其用钱买来的权威与地位，信口雌黄，评定一切，就要使艺坛遭殃，风流贻祸。至于从铜钱眼里来看文化政治，天文地理，则其败事有余，更不必说了。

要社会进步起来，使学用合一，各循轨辙是一种；使各种有钱人有一点自知之明，也是一种。

一九三九年十二月

铁　　像

铜像是成功的表征,人们用来纪念成功者的功绩的。

生命有涯,而事业无涯。发明家以毕生的精力消磨于他的理想;革命家以满腔的热血挥洒于压迫者的刀锋;民族英雄,舍身取义;社会先觉,造福群伦。人类受着他们的哺育,受着他们的影响,于是乎建丰碑,立铜像,纪念先行者的成功,昭示后来者的努力。

湖山之间,广野之上,通衢之中,它们巍然独立,或则庄严璀璨,或则显赫飞扬,使人们悠然有向往之心,肃然起仰止之想。

但人们对于特别憎恶的人物,却也有将他们铸起像来示众的。后世看见它们,还要唾之溺之,垂笑骂于万世。要举实例,杭州西湖的岳庙里面就有,那就是秦桧夫妇的铁像。——但现在风云际会,秦老先生大约可以飞黄腾达,出入庙堂,敕封"主席"了吧?

人生如寄,一死则万事全休,"翁仲无言对

夕阳",诚然只令人生"荆棘铜驼"之感。然而留芳遗臭,却是万古真铨,人死了,骸骨腐了烂了,却留着个铁铸的尊容,让人家撒尿,指点笑骂,纵令达人,看得穿一切,盖亦大不上算者也。

一九三九年十二月

药

忽然想起一首唐诗，是贾岛的《寻隐者不遇》：

"松下问童子，言师采药去。

只在此山中，云深不知处。"

这位隐者，大约是吕洞宾似的人物吧，虽然隐居着，也还采药炼丹，而且在白云深处，实在飘逸得很。唐朝离目前太远，一切都不容易想象了。我对于这首诗的印象之所以特别深，是因为从小临摹过这二十个字的缘故。小时读书，最初练习写字，就是描红，那是用木刻印出红字的纸，令学童按照红字的笔划描出来。描红纸上所印的字模，大抵是"上大人孔乙己"之类，其中有一种，就是"松下问童子"。

后来读了一点教育理论，知道这种描红字，是很不适合于儿童临摹的了。然而又纠结着一个疑问："上大人孔乙己"之类，意思不懂，大约取其笔划简单，易于临摹；但"松下问童子"，这二十个字里面，至少有一半是极其难写的，那么特别从唐诗里选出这一首,令学童临摹,是什么意思呢?莫非中国的孩子,从小就要教他们去做隐士,躲在山里采药吗?

这道理,直到最近,才触类旁通地想出了一点点。

这就是中国人和药的关系。

神农氏发明医药,是大家都知道的,那么医药的历史实在很久了。尝百草,辨药性,虽然有毒死的危险,却是极其合乎科学的事。但一到后来,不知道为什么,一说到药,就总和神仙发生关连。

近年以来,我们已经听惯了外国人对我们的贬词,"东亚病夫"。虽然未免失敬,却也只好默认。但在古时,除了一些多愁善病的美人儿,人们仿佛还没有这么弱不禁风。大约因为活得硬朗,而且米价也还没有目前这样贵的缘故吧,所以自杀的少,想求长生的倒特别多。要求不老之术,走正路是炼仙;——抄近路,却就是吃药。

天下哪里有这样的神药,吃了可以使人永远不死的呢?据说的确有,可是得之不易,于是古之皇帝,派了人到仙山仙岛去求。但大约终于没有求着,所以活到现在的古人,一个也看不到。传说孔武有力的后羿,曾经有不老之药,可是不幸给他的太太嫦娥偷吃了;而吃了之后就飞到月宫里去，现在究竟是不是还那么千娇百媚地活着，我们也无从知道。

只有一件事情是有历史可考，有现实作证，极其清楚的，那是中国人的一代不如一代，寿越短，病越多了。

医药事业也就跟着走入了歧途。

读过鲁迅先生《呐喊》的序言的，大约可以懂得一点中国药的奥妙，和生病的人们的光景——

"我有四年多，曾经常常——几乎是每天，出入于质铺和药店里，年纪可是忘记了，总之是药店的柜台正和我一样高，质铺的是比我高一倍，我从一倍高的柜台外送上衣服或首饰去，在侮蔑里接了钱，再到一样高的柜台上给我久病的父亲去买药。回家之后，又须忙别事了，因为开方的医生是最有名的，以此所用的药引也奇特：冬天的芦根，经霜三年的甘蔗，蟋蟀要原对的，结子的平地木……"

就是这样离奇而神秘的药，医治着无数的中国人的病。然而结果可大抵简单——"终于日重一日的亡故了"，算了。

也有简便而灵验的能治百病的仙方，则是神前的香灰之类。

这种情形使许多关心这民族健康的人到外国去学医，鲁迅先生也就其中的一个。可是结果，鲁迅先生发现了比医身体更重要的一种精神上的医学，他做了文学家。

这并非古话，却也已经是二三十年前头的事情了。——二三十年，短命者的一生，长命者的半生。中国人的健康呢？

内地还好，上海可真真成了药的世界。马路上、屋顶上、电车和公共汽车上，满布天地之间，备具动静诸态，接触着我们眼睛的，大抵是药品广告；翻开报纸，药品广告也常常占到十分之四五。

这大约是一个"进步"，现在我们市上流行的不是中药，而是西药了；不仅可以"延年益寿"，而且能够"多子多孙"了。这么一来，中国不是要大大的精神奋发，人口繁殖起来了吗？——按实际，却又不是的。

原来药品里面最多的是两种，一是性药，一是春药。前者是各种各式都标着"唯一灵验"的，专治花柳病的药品；而后者，则还要在报纸上编印特刊，加以鼓吹，说是用了那种妙药，可以如何如何的勇猛，得到"娇妻美妾"的欢心，因而子嗣昌茂，十分幸福。然而这些药品流行的结果，谁都看得出来，正相反，春药是使人们变成病夫，而性药却使人们绝嗣。它们做的是疏散人口的工作，直通的路是死灭。——从这些药品广告看去，正是一个黑洞洞的深渊,底下是无数的死人与病人。

仔细一想,就要禁不住毛骨悚然。

健康的人,是不知道什么叫做药的;一到想着药,也就跟病结了缘。人们从贪婪于人世之可恋,想求长生,到震慑于死亡之可怕,要求祛病,分明写出了的四个大字,是"愚昧"与"暗弱"。而可悲的则是愚昧未除,暗弱益甚,药品日多,人寿日促,因果循环,把民族的健康带向不可想象之境。

目前我们所切要的,是一张不要吃药的药方!

一九三九年十二月

怅

现在有一种变相的自卑狂者说:"我军备不如人,经济不如人,实力悬殊,如何能战?"

这是说:两国交绥,胜败之数,等于前定,无可挽回。果真如此,那么仰看空虚,俯视渺茫,日暮途穷,我们不是只要闭起眼睛,等待灭亡了吗?然而又不,在这样"实力悬殊"的情形之下,据说只要放弃斗争,垂手听命,倒可以挽救末运,反而会使我们"复兴"起来的。

这是一种很不容易想通的道理。

历史告诉我们:在洪荒时代,人类的力量,较诸自然的威力,相差还要悬殊,但人类生存的意志战胜了它,我们的祖宗因此活了下来,世上也就有了我们,让我们可以躲在上海这堵危墙之下嚼舌根。

老虎是要吃人的,倘量实力,我们也胜不过它,但人和老虎,不是在世上并存着吗?而且老虎只能躲在深山里,猎户要借此为生,还要使老虎成为猎获品。枪、刀、主要的还有根基于生存条件、生活实践摸索出来的智慧与谋略。掘一个坑，使老虎陷落下去，跳不出来，这正是一种原始的方法。

我们不曾听说过有老虎的地方，人烟就要绝迹。

赤手单身一个人，在山里遇见老虎，本来没有生望了。怎么办呢？根据鲁迅先生的办法，是赶快爬到树上去，等老虎饿得挨不住了跑掉的时候，下树逃走。假如它等着不走，而自己倒熬不住了，就用带子把自己在树上缚着，即使饿死了，也不让尸首给它吃。万一来得突兀，无从逃掉，自己在被吃掉以前，一定也咬它几口，不让它毫无抵抗地得到。

这不是什么笑话，这里包含着的是人类最高的情操，最可贵的向上精神。只有这样，世界才能希望有进步。

何况两年半的事实，早已给了保证：我们不但能战，而且一定可以战胜。按照那些自卑狂者先前的说法，中国是只要打三个月，就可以完蛋大吉的。

其实这些话，全都多余，因为那些角色原来是鬼群里最没有出息的伥鬼，被老虎吃掉了，却帮着老虎来害人的下流东西。

一九四〇年

色

上海有许多俗语，是很耐人寻味的。白相人寻衅，照例向对手恫吓说："好，明朝把颜色侬看！"颜色者，厉害也。措词新奇，形象鲜明，悻悻之态如绘，实在是有声有色的好口语，比我们有些文学家的"描写辞典"里的词汇，高明多了。

为什么厉害就是颜色呢？这意思在可解与不可解之间。然而细细一想，实在值得激赞。上海毕竟是洋场，这话里就融化着"世界文明"的精义。例如在这些地方，就大大地显出了"颜色"的区别：

"纽约电：轻中量级世界冠军亨利·亚姆斯德朗，顷将预定于二月二十二日与迦西亚举行之锦标比赛取消，理由为种族上之偏见。按该赛本拟在好莱坞浦斯体育馆举行，但该馆最近忽对黑人在馆内举行比赛之请求加以拒绝，谓黑人不能在该馆比赛，墨西哥人及菲律宾人则不受此限制。"

（一月二十三日《大美报》）

在今日的世界，有色人种的地位自然不及白

色人种,从颜色上来看,似乎越淡越好。黑种人的运动之佳,是世界著名的,然而现在事情却明明白白,就在单卖几手好拳脚的"体育坛"上,也有被摈之虑。亨利先生对此很不平,他愤然说:"上次大战中,黑色人种既能与白人一同在壕中作战,则好莱坞方面何以不许黑人在体育馆内比赛,余诚百思莫解矣。"

这是无怪其然的,可是,谁叫你是黑炭呢!

我们是亚洲人,是黄色人种,号称病夫,素重文雅,在运动上本来也没有什么。前些年在世界运动会的球赛中,我们少输了几分,虽然舆论翕然,已经以为"光荣",当然也不在西洋人的眼里。看中我们这颜色的,倒是我们的敌人,他们有时就在肤色的黄白上面做文章,意云:"咱们本是一家,做黄种人的奴隶总比受制于白种人好。"而敌人在中国的干儿子们,也就奉为明训,"称道弗衰"起来。这一回却是忝属"同种",谬承"亲善",只有令人生愧不敢当之想了。

在上海,根据向来的习惯,占上风的似乎也是小白脸。可见上海也确乎是通商大埠,与世界潮流不谋而合。但这白,却不一定就是高贵,大抵只在脂粉队里吊膀子的时候,才能得到便宜。君不见我们面孔很白的大"政治家"吗?虽然丰姿嫣然,使远在东京的"近卫公"也惊为天人,赞不绝口；但一按实际，不过是一个出色的奴才而已！

　　颜色的贵贱，这么一看，也真"百思莫解矣"，然而倘不过分糊涂，其实也不难一思即解的，这就是脱掉奴隶的号衣，站上主人的地位，团结一心，使法西斯式的种族偏见在人间灭迹，那么无论黑白，不管妍媸，也便可以一视同仁。亨利先生在练习跳高赛跑之余，倘使多动动脑筋，也许就不会这么的悻悻然了吧。

一九四〇年七月

踏

　　脚之为用,在有些阔气的人们,除却走路,可专用以踢穷人的屁股,这是大家都知道的了。但此外还别有它的特长,就是踏煞一切地下的生命和力量。牢头总管之流,照例有一双穿着皮靴的大脚,昂首向天,挺胸突肚地来回走去,皮靴所至,可以使蝼蚁灭绝,寸草不生。

　　文坛上自有"杂文"这名词以来,一直就在人们的践踏之下,也一直在弯弯曲曲地生长。我们知道,杂文的沃土是黑暗的时代,假如能够一脚踏死,倒是大足歌颂的德政。但事情有时候往往"大谬不然",不料到得据说是"胜利"的今年,偏又有人叫着,说是杂文的时代回来了。

　　自然,这就只好加紧地踏。

　　提起杂文,不免想起鲁迅先生。他最先使用并且光辉了杂文,但他的一生,也就因此无时不受着迫害。不仅生前,直到已经死了许多年的现在,也还不免于踏尸之厄。——中国有些事情的离奇,不提出实例来,空口说说,是没有人敢于相信的。但我们的确有：据说《正言报》业已死去了的副刊《草原》，报馆当局的取稿禁例之一，就是不准提起鲁迅。这是在半沦陷区的上海。重庆比较开明了，特准提起名字，但不许称为"革命斗士"。口说无凭，这里来抄一节发表于《妇女生活》的重庆《大公报》记者子冈先生的日记——《熔炉》吧：

"不知是为了太兴奋，还是惦记着《印象记》被删去多少，很早地醒来，要过报来一看，还算满意，删去甚少。只是硬不许称鲁迅先生为革命斗士，在文章上太不相称。"

为什么呢？中国虽说是"民治国"，大人先生们的事情，小民照例是无权过问的，何况目前早又到了动辄得咎的时代。但疑问不能没有，莫非死了五六年的人，也有了"破坏统一"之嫌？还是天下"革命"，只此一家，所以连这类字眼也触犯忌讳了吗？我实在想不通。

远在一九三六年，郁达夫先生已经说过了这样的话："没有伟大人物出现的民族，是世界上最可怜的生物之群；有了伟大的人物，而不知拥护、爱戴、崇仰的国家，是没有希望的奴隶之邦。因鲁迅的一死，使人们自觉出了民族的尚可以有为，也因鲁迅之一死，使人家看出了中国还是奴隶性很浓厚的半绝望的国家。"是的，没有人能够否认鲁迅是中国的光荣,然而我们衮衮诸公对付这光荣的存在,却是踏、踏,连死后也不肯放松他们的脚劲!

大地苍茫,靠几双脚,怎么能使人间变为死地呢?即使是蝼蚁和野草,一样有它们繁殖的世界,而况蜉蝣撼大树,令人只剩着滑稽和狂暴之感。

但事情却也并不这么简单,这现象正预告着中国的大不祥。这样下去,是将要使中国真正变为"奴隶之邦"的!

一九四一年六月一日

旧调新编

官场也真如戏场,红面孔的出来,白面孔的进去,换班子,调角色,新戏一出一出地排演,扰扰攘攘,好不热闹。但名角总不过是这几位,唱的也无非是新谱的老调。

而观众的记性,大抵坏的居多。倘非老看客,对于名伶的真面目,又不大分辨得清;一阵"急急风",重新配挂,再度登场,算是已经换了朝代,虽然原系老人,看去却像新角,精神一振,觉得也着实新鲜有趣。

打了四年仗,据说中国已经一跃而为"民治国"。中国的进步,有时真出格地快,我们战战兢兢学做"党治国"的子民还没有学像,现在却要做"民治国"的主人了,头脑钝一点的人,怎么也跟不上,就只好瞪着眼睛直喘气。但略一迟疑,也就从另一面看见了人权运动。

自然,人权运动是不容于"民治"国家的,因为前者倘存在,后者就渺茫,变得没有着落了。有一位政府的大官在香港对记者发表谈话,说是:"莫非要提倡人权运动者都做了官,人权才算有保障吗?"这是问得极有理由的。除非想谋官,做了"民治国"的国民,还要人权作什么呢!

于是论客们就来做文章,以为自由应当有极严格的限制,要求过分的自由权,也就是别有用心,意在夺取政权。——那可是反动之极,连人也不配做了。

这理论却使我想起纳粹德国的"权威与自由"说来,他们说:"民治主义的自由思想,乃是一种无纪律的唯物的自利主义的特许状。"

我想,这大概是巧合吧?中德业已绝交,而纳粹又正是民治的死敌,论客们自然不至于再拾希特勒的唾余,来为"民治"中国的政权润肺的了。

然而不禁又想起希特勒。

也还不过是抗战前的一二年,我们都还在做"党治国"的子民的时候,这位长发压眉、眼睛碧绿的希公,在中国的政治舞台上,也正是红极一时的角色,其风头之健,简直不下罗斯福,胜过丘吉尔。对于这位独裁者的"庞大权力的政府",尤其使舆情沸腾,倾倒备至,有相见恨晚之慨。潮流所趋,《我的奋斗》也成了青年必读的好书。曾几何时,抗战一起,大家便以为中国已经翻了个身,只要用火烧一烧,就真要变成再生的凤凰,把这些陈迹，都忘记干净了。

但昔日希公的知己，却依然是"党国重寄"，作风依旧，人品依旧，不过改编了台词，所以"民治"之声，不绝如缕了。全民抗战到了第四年，还要发生人权运动的大悲剧，是无怪其然的。

京戏虽然改了良，西皮二簧，也还是不脱这一套。

可是这里我却想提醒一声：年初的预告，据说今年是"最后胜利年"，到我写这篇小文的时候，却已经是九月之尾，度了"胜利年"的四分之三了，如果这剩下的最后四分之一的时间里面，还不能够小获胜利，那么明年的挂牌，怕就要大费踌躇。

我希望"民治"诸公不会忘记，除了"政敌"，我们还有着不共死生的敌人！

一九四一年九月

碰　　壁

　　有许多切身的问题，因为太切身了，我们是往往反而忽略了的。待到有心人提起来，这才"恍然大悟"，觉得的确重要，值得思索。例如"做人的态度"，我们平常大约就不大留心。

　　不错，我们天天都在做人，工作游乐，衣食住行，莫不与"做人的态度"有关。然而，有谁曾经认真地想过这问题的吗？中国一向是把人不当人的国度，但一面似乎也不大把自己的生存当一回事。原来我们只要这么活着，虽则因为出身、教养、生活等关系，自觉或不自觉地总受着某种思想的支配，形成一定的应付客观事物的态度，可是真能认真思索，确定方向，终身信守勿渝的，恐怕是极少中的少数。人们大抵是随俗浮沉，不去想，或者想了不能有什么决定，有了决定的又未必能实行——不能或者不愿。

　　这问题实在并不简单。

　　我的所以想到这问题，而且形诸笔墨，也并非豁然贯通，一旦有了妙悟，或者是自己决心要做什么滴水不羼的好人了的预告,乃是偶然之间,被报上的一篇文字所引起的。不知道有多久了,作者,题目,都已不甚了了,只记得那内容,说的正是"做人的态度",大约是说:人生于世,最要紧的是态度,人们本领无论多么大,但态度不好,与人落落寡合,可就要到处碰壁,终至于老死牖下。其间还举了一位境况潦倒的先生做例证。自然,话是极合于实情的,作者很同情于这种遭遇之不幸,感慨于这种世态之可悲,但弦外之音,却又分明有些其潦倒也不亦宜乎的意思。

然则,不亦难乎!

所谓"做人的态度",从根本说来,我想,应该就是人生观或世界观的问题吧?但论者的意思,大约还要缩小得多,是纯属技术性的待人接物的方法问题。如果不错,那么就比较简单了:对人呢,觉得可亲的,接近他,正直的,尊敬他,进步的,追随他,有缺点的,帮助他;否则就是疏远,轻蔑,同情或者怜悯。对事呢,觉得它于人于己,于社会有益的,赞美,或者力行;否则就反对,唾弃。限于识力,主观未必正确,看人论事,容有错误,那可以求进步,这原则,大约是能够成立的。

但这却并不能叫人不碰壁。因此也不能以一个人的碰壁或走运,判定他的态度的好坏。

对人生的目的不同，走的路也就两样。

在中国，聪明人并不少。有的是满面春风，一团和气；有的是圆通自在，八面玲珑；有的是看见长人装矮子，媚态可掬，看见矮子又连忙推倒他，当作踏台，垫高自己。无论什么环境，他们总能够适合，做人之术工，钻营之道娴，得意而有趣，看起来态度也真得体之极了。

但倘使不愿意，可就只好碰壁。

而也真有这样的人，情愿碰壁。

我们这社会，一向不大要真是非，一切都只要含含糊糊地过去。大家都在说鬼话的时候，如果座中有人偏要说人话，他大抵就要被人当鬼打。戆直和认真，没有人会说是恶行，但因此要吃大亏，也是事实。因为一戆直，就有棱角，要碰伤一些所谓好人的纸冠，引起忌恨。"一认真，便容易趋于激烈，发扬则送掉自己的命，沉静着，又嚼碎了自己的心。"（鲁迅：《忆韦素园君》）——这样的现象，其实已经分明照穿社会的黑暗了，世人却以为他们的碰壁，乃是因为"做人的态度"不好的缘故。

然而，要社会进步，专门迎合它，是不行的。否则做人一定还要难下去，弄得凡是不会吹牛和拍马的人物，都要被认为"态度不好"，大家侧目而视，使他无疾而终。

法国近代剧作家爱德蒙·罗斯当,曾经以传奇的彩笔,创造了一个怪诞豪放的英雄西哈诺:生活潦倒,恋爱失败,临末还遭了别人的暗算;然而他好勇斗狠,心直口快,唾弃权威,挣脱桎梏,拖着与众不同的大鼻子,向腐朽的世俗挑战:

"只愿意歌吟着,幻想着,欢笑着,独往独来地自在着,眼睛看得端正,声音叫得洪亮,高兴起来,帽子不妨歪戴着,为了一句是,为了一句非,拼着斗打一阵——或者吟成一首诗章。"

自然,这并非健实的人生的典型,我们更无须做这一类独来独往的英雄,真正的英雄,应该是以群众为师友,和群众浑然为一体而又能领导群众奋斗的。但是从奴性的驯良和圆滑中冲出来,这样的气概,我以为是应当有一点的。如果我们自己做不到,也不必以为他死得活该,向那倒了下去的身体吐口沫。

归根结蒂,是要看人们站在什么立场上。——向旧社会战斗呢,还是向旧社会妥协。

处世艺术,一类的大作,正在坊间多起来,也足见做人之日趋艰难,研究"做人的态度"者之日多了。但据我想,四平八稳的方法,大约是没有的,研究的结果,不过做到世故圆通有余,要讲究态度,却恐怕应当归入真正的"不好"类里去。在这些地方,少用一点苦心,腰板或者反倒能够直一点吧?

人生有限,世故无穷,如是云云,虽算是观世之一得,也无非悖时的妄谈而已。

一九四一年九月十九日

落伍与卖俏

我曾在电影圈子里混过很久，跳开不过四五年，回头一看，什么都远了，生疏了，特别是演员。许多正在大红大紫的，十有八九是陌生面孔。而较为熟悉的名字，看见小报上的记载，大都境况潦倒，被贱称为"落伍艺人"了。这字眼使我看了想笑，却不知怎么又感得肌肉迟钝，笑不出来。

有时忙里偷闲，屈指算算，战争竟已经持续了八年。一面赞叹人类求生意志的坚强，一面又不禁慨然于华年流逝之无情，最宝贵的一段生命，都在炮火声中虚度了。这自然是最最凡庸的感喟，日子本是留不住的，乱世也未必不好，不过对拙于谋生的人，未免稍稍显得残酷；至于好洁成癖、守身如玉、自己甘于落寞的，那又是另一回事。最可悲的只是时间的俘虏，上帝赋予他们的几乎只是青春和稍纵即逝的爬上去的机会。

提起艺术，我们想到永恒。可是把这观念引用到电影界，却反是可怕的嘲谑。要谈演技，一顶真，就不输于任何庄严的创作，必须有修养，有训练,丰厚的才分和生活经验。世界先进国家的舞台和银幕上,一个成熟的艺人,年龄总非三四十岁以上不可。而我们,女人到了这年龄,在府纳福还好,万一迫于生计,还要抛头露面,不论她造诣如何,就要被观众所唾弃,被时髦派讥为"落伍",玩世派称为"老蟹"一类可笑的生物了。

把润肤用的雪花膏命名为"孩儿面"或"十六岁小姑娘"是深通中国国情的措施。此所以电影界虽然人才零落,故步自封,而年轻貌美的明星,一年总要凭空蹦出几个。此所以中国的大明星永远只好做初中学生的崇拜对象。无艺可卖,只好卖俏,社会所要求的如此,事实也只能如此。

有一位女明星,隐居了好几年,听说是非到战后不再上摄影场的了,但前年终于破了戒。热心的人似乎很怅惘。但一想就容易明白:一个女孩子,怎么能干等那么些年?"落伍"的危机就横在前面!战争自然是要完的,机会一去可永不回来了。对于一切卖俏的"时势的英雄",这悲哀是很严肃的。

明乎此,就可以释然了。

一九四五年

街头人语

一

有些做官的人是随时可以"摇身一变"的。抗战也好,"和平"也好,胜利也好,他总有机会"为国宣劳"。变来变去,他们还是官。

只有老百姓变不了,在侵略者的铁蹄下固然是奴隶,在"自己的"政府统治下,也不过是顺民。

现在当局求"民隐"的方法有两种,一是派宣慰使,到豪华的酒楼里开茶会,说门面话;一是设陈诉箱,让老百姓来"递状鸣冤"。

但除此之外,开放言论自由,似乎也不失为一种好办法吧?

一九四六年一月二日

二

"三一八"惨案发生在北洋政府衙门前面,

学生游行到那儿，警察才开枪动手。

"一二·一"惨案发生在西南联大，却被军队赶上大学去，实行围剿、掷弹。

从前有些军人怕上前线，现在有些军人，进戏院看白戏，荷枪实弹，大打出手，也像上前线。

谁说我们中国没有进步！

一九四六年一月三日

三

兵士生活太苦，不合理，是事实。

看白戏打戏院，不合理，更是事实。

一定叫兵士不许娱乐，明显不近人情。

然而一定要说戏院有招待兵士的义务，于"法"虽无不合，似乎也不大近情。

军人娱乐办法现在已有规定，将由警察总部会同警察局，召集京剧话剧各业负责人商定办法后，通知各部队实施。

我们举手赞成。

无论什么事情，总得有个办法，不过有了"法"还要切实遵守。这责任在我军事主管机关。

不然，"法自由他法，行还是我行。"老百姓其奈他们何！

一九四六年一月四日

四

中国的老百姓是最守法的,可是动不动就要触及法网。"非法"、"非法"碰头磕脑,无非是法。

特殊阶级的人物,却是贪污无妨,暴敛无妨。甚至附逆的汉奸,也有人凭借权力,加以庇护,可以逍遥法外。

"法"还是一样的"法",不同的只是一点:前者是在法里,后者是在法外。

如果竟有人包庇汉奸,受汉奸贿赂的,我敢相信,这些人准是汉奸坯子,应当和汉奸同样治罪,但法律上怕未必会有这样的规定。

何况据汉奸自供,大都是做过"地下工作"的,焉知这些人不是掩护"地下工作者"的功臣呢!

一九四六年一月二十三日

五

没有工作的,要求工作;有工作的,却要罢工,这社会病态之深,于此可见。

国家待建设,社会待复兴,处处需要人力,何至于失业者群栖栖皇皇,彷徨街头,不可终日。

大战方休,疮痍满目,忍饥受寒,耐劳吃苦

是常事；如果社会正常，政治进步，上下一心，埋头苦干还来不及，何至于工潮汹涌，不可收拾。

症结何在，值得深思。

一九四六年一月二十四日

六

一艘日本轮船载上海日俘日侨四千余人回国，在吴淞口外触水雷沉没。这水雷是日本侵略者在战时布放在那里的。日本海军大概万万想不到会自食其果，使他们铩羽而归的同胞遭难的吧？

可怜的侵略者的悲剧！

但这幕悲剧中，却另有发人深省的情景：当日轮沉没时，美舰白利华号驶近营救，日人态度镇定，秩序井然，使美军水手大加赞美。

我忽然想到：日本"败"在中国手里，日本军国主义连睡梦中都要惊醒，是无怪其然的。

不要再迷信武力，梦想以武力一统天下了。种恶因，是难免要收恶果的。

不要再以"战胜国"自居，还是多多向人家学习吧，即使是打败了敌人。——看看人家那种临难不苟的精神，想想自己兄弟阋墙的行径，竟没有一点惭愧吗？我们的大人先生们！

一九四六年一月二十五日

七

一个党,一个主义,一个领袖,一道同风。
——这叫作"统一"。
皮带,皮绑腿,大皮包。
——这是"三皮主义"。
金子,房子,车子,女子,面子。
——这是"五子登科"。
你当它正经,它是开玩笑;说它是笑话,偏又是事实。中国的政治,就是如此如此,这般这般!

一九四六年一月二十六日

八

推行新历已经多年,民间过的还是旧历。今日除夕,按照俗例,当说些吉利话才是。

虽然政局未见开展,社会依旧混沌;但政治协商,即可结束;政府改组,行将实现;内战停止,十八年纠结,初见澄清;限制人民自由的政令废除修正,三十四年来的民主革命才露端倪,这不能不说全国一致的努力,已有相当的结果。

过去的八年,沦陷区人民在敌伪蹂躏之下,

纵有无穷痛苦，欲说无从。自由区的人民呢，因为是战时，即或有种种委屈，也只好逆来顺受，隐忍不言。现在情形不同了，痛了可以喊，恼了可以嚷，不合理也可以严正批评；谁掐着我们的颈子吗？我们就跟他拼。因为我们是国家的主人，而现在又是千载一时的建国机会，政府如果确是民主的，我们有权跟她说话了。

单凭这两点，就可以痛痛快快吃一顿年夜饭。《读者的话》创刊一月，检阅一过，无非是满纸孤愤语，一把辛酸泪。希望旧时代赶快过去，这里所发出来的，都是欢乐的声音。

一九四六年二月一日

九

大除夕，晚间乘电车，亲历一事，可以一记。

二路电车西摩路站，候车的极多，车来了，车上拥挤不堪。有一位武装同志，忽然猛力推开众人，一拥而前，跳上车去，放走下车的乘客以后，力守车门，对他的两位同伴（一男一女）叫道："上来，上来！"他们上了车，大家以为可以上车了，不料他大声叫道："不准上车，统统不准上车！"有要挤上去的，他猛力往下推，说："再上来，我要打人了！"电车上的售票员刚要开口向他说理，武装同志戟指他的鼻子说："不许说，不许开口！"一面当众大吼："不讲理就不讲理了，谁讲理我打他。"于是指挥司机："开，快开！"于是在大家目瞪口呆之中，车子开走了。

这就是中国的军人，开口就是"老子抗战八年"的一流人物。

这是千真万确的事，发生在全国高呼民主的中国，在国内一大都市的上海。信不信由你。

一九四六年二月三日

十

救死扶伤是医生的天职，"医生对病人漠不相关"，是何等可痛心的现象！

中国医生对贫病同胞敷衍了事，日本医生反而对我们悉心尽力，又是何等可悲可泣，可羞惭的事实！

常听说自杀者被送进医院之后，倘不付钱，医生决不肯动手急救，就这样眼看求治者"坐以待毙"。我们不敢相信，然而又不得不相信。

医生是神圣的职业，请你们用深广的同情，洗刷掉一切污辱神圣的阴翳吧。

心术第一，医术在次！

一九四六年二月七日

十一

据报载：有一个叫作余中庸的，伪造司法院居院长介绍信，往见南京马市长，一纸八行书，居然做了专员，不幸的是终于事败被执。

我们从这里得到一个大秘密：官场用人，原来如此！

"一人得道，鸡犬升天"是老话了，"裙带官"也是老话，然而在中国，老话却往往终古常新。

当然，余中庸是冤枉的！他的专员并不假，假的是信。只要信真一真，专员还有问题吗？

真真假假，假假真真，官场的事，都应作如是观！

一九四六年二月九日

十二

一个伪海军的逃兵，被提起公诉，以"通谋敌国"罪，判徒刑五年。

告发的是他的伪海军上级官长。

告的是"逃兵罪"。

我不懂，法院何以竟受理此案？检察署何以竟提起公诉？莫非胜利不过是一个梦，此时此地，还是沦陷期中的上海吗?

如果这判决是合理的,那么结论非常清楚:第一,当汉奸就要当大的,小者有罪,而大者无罪。第二,既当了伪军,就要老老实实当下去,千万别开小差,否则"伪"法院固然不答应,"真"法院也要依"法"判徒刑。——不逃,是没有罪的;逃了,这就犯了"通谋敌国"罪。

难道还可能有别的解释吗?

在审讯的时候,海军逃兵当庭控诉:告发者也是伪军。但推事老爷说:"慢慢来,将来自会办的。"

哦,慢慢来!

那么我们等着吧,等着看我们堂堂的法院,什么时候才不再为敌人与汉奸服务!

一九四六年二月十二日

十三

沧白堂的全武行,一演再演,在重庆各界为政协成功而举行的庆祝会上,竟发生了大流血案。

暴徒在会场叫嚣捣乱的时候,狂呼口号,说是要"在蒋主席领导下团结起来,成为世界上一大强国!"

哦,原来在蒋主席领导下,是这样搞"团结"的,是这样来"强国"的!

领教得很，我们总算弄明白了。

大家看看吧，究竟是谁在破坏团结和平，谁在阻碍中国的进步？

一九四六年二月十三日

十四

仿佛到现在还有人"新生活"长，"新生活"短的。我们敬请主持新生活运动的列公发表一下，你们喉干音燥地喊了近十年，到底喊出什么道理来没有？

哪一点"新"？什么地方有点"生"气？有点老百姓走的"活"路？

即使把三个字拆散了，倒看顺看，能看出一点影子来吗？

新生活运动脍炙人口的教条之一是"跑路靠左走"。

训练了近十年，现在还有用吗？

什么都是假的，早点把政治弄好，省事多了。

一九四六年二月十五日

十五

人们常说"多吃饭，少开口"为明哲保身计，这也许是很好的办法吧。

但米价已经涨到了三万多,"多吃饭"已经谈不到。不仅谈不到,这么下去,大家都要无饭可吃了。

然则唯有"少开口"乎?

天之生口,大概是为了吃东西和说话,谁知两件事都越来越难;唯一的用处,恐怕只好与情人接吻了。

但又怕有伤风化,妨碍了"新生活"。

忽然记起国际饭店顶上的大标语"礼义廉耻"来。

希望有一天能换四个字:"衣食住行"。——没有真东西,来个标语解解馋也好。

一九四六年二月二十三日

十六

杭州有捣毁米店的了。米价问题的严重,于此可见。

中国的老规矩,百货高涨,米价不能涨,因为这是所谓"民食"。米价一涨,就要打米店,这是因为生存之所系,"你不让我吃饭,我不让你拉屎",大家完结拉倒。

米价的涨风,几年来在敌伪统治下,早就到

骇人听闻的程度了,却还没有最近这么涨得猛的。

毕竟是"胜利风"厉害,什么都创了"空前"的纪录。

但抑制米价,用的还是老方法:"限制存粮。"连数量都与敌伪时一样的:"最多不得储米三个月。"仿佛米价之贵,是一般人买米太多的缘故。

其实一般的平民,哪里来的"三月"存粮,家有三天的粮,已经该谢天谢地了。

民食问题,关系太大,抑价必须切实做到,而且要大刀阔斧,有计划地做。千万不要手忙脚乱,或者这么骗人骗鬼的了。

一九四六年二月二十七日

十七

二十四日在杭州发生的一件大事,是全市大小米店,被饥民捣毁一空。

在捣毁米店的时候,暴露了一宗大秘密:就是官办的浙江粮食公司,白米面粉,堆积如山。因为数量太多,饥民要加以捣毁,也无从措手,只好爬上屋顶,掀掉瓦片,让它在春雨绵绵之中,着了雨水,不能久藏。

但"不能久藏"就会开市发卖吗?据另一报告,饥民打开粮食公司仓门,扑鼻而来的,是冲天的霉气。

食米恐慌吗?原来白米有的是,不过老百姓买不起而已。

不仅有的是,发了霉他们也不拿出来,大概从他们看起来,米价还没有涨足。

然则又如何能不发生米慌,又如何能不使米价飞涨!

然则又如何能不产生"饿杀不如犯法"的亡命之徒!

一九四六年二月二十八日

十八

在混乱中,必须掌握两样武器:其一是镇定,其一是冷静。

镇定足以产生力量,不至轻举妄动,枪法大乱。

冷静足以明察是非,不至视线混乱,黑白不分。

我们坚决地认定:

领土不让!

主权不让!

民主不让!

中国是应当进步的,应当强盛起来的。

究竟谁是我们的朋友?谁是我们的敌人?

只有真正认清楚了,我们才知道斗争的目标

在哪里。

最重要的是冷静,别中了民主蟊贼的"拖刀之计"!

一九四六年三月一日

二一

艳尸案主犯林步武就逮了,杀人的动机只为了嫉妒,似乎太简单了。但据《大公报》说:"林本系出身军警,数年浪迹,行多乖张,且因盗案而系身囹圄,后又一度充任地下工作之行动工作,盖视致人于死,司空见惯"云。

语云"人命关天","视致人于死"而竟至于"司空见惯",是不可能想象的事情。然而放眼看去,这样的人物何止千万!中国的知识分子,只要不肯对权贵歌功颂德的,杀机就埋伏在他四周。上海最初沦陷时,常玉清手下就有大批的所谓"行动工作",杀人一命,得赏四十元。说出来真使人毛骨悚然。

八年以来,中国人死于侵略战争者不计,死于政争的,也早到了"杀人如草,流血成渠"的境界。你说何以如此残酷野蛮吗?因为他们"视致人于死",早就"司空见惯"了。

专制独裁的特色,就是使人疯狂。万一这次

世界大战中,希特勒和墨索里尼竟至获胜,那么人类总有一天进化到赤眼獠牙,像疯狗一样。你我任何一人,都有互相咬伤对方而自以为政策成功的时候。

一九四六年三月十九日

二二

抗日战争期间,沦陷区里曾经流行过一个歌谣,道是:

乡长买田买屋,
保长吃鱼吃肉,
甲长忙忙碌碌,
户长啼啼哭哭。

抗战胜利以后的上海,也有两个歌谣,一个是:

天上来,
地下来,
上海人,
活不来。

又一个是:

刮民党,
敲竹杠,
老百姓,

泪汪汪。

沦陷时有那样的歌谣，胜利后又有这样的歌谣，并且沦陷时的歌谣，胜利后照旧可以通用。

岂不懿与！

一九四六年三月二十日

三二

一位读者投函《读者的话》，问"街头人"是不是绰号？"当心警察局秘密登记！"

谢谢这位读者的关切。不过这反正是一定的。反对"警管区"的新闻记者，将来都是红卡片。听听当局的谈话，就知道他们早替我预备好了。

但看来在新闻界的红卡片也不会少，决不止我一个的。

对英美到底是否有"警管区"的问题，我还想推荐新闻界前辈严独鹤先生的话，他说：

"但老百姓只知道上海是中国的上海。

"一种政令，如果是适合国情，顺应民意的，即使英美没有，也何妨来一个创作。反之而衡诸国情，征诸民意，都觉得不大合适，或不必要的，即使有先例可援，也何必定要学步。"

不知局长大人于意云何！

一九四六年五月十八日

三五

　　有人提倡"读好报运动",眼快手快之徒,似乎早已有了"撕好报运动"。——不但在书店报摊上撕,连张贴在墙上的比较进步的报纸也要撕。如此情形,纵有好报,叫人如何去读!

　　艺员登记,势在必行。但艺员的表示是"势在必抗"!宁可不做"艺员",也要拒绝登记。并且各种戏剧的演员都因此团结起来了。

　　民主国家的公仆视尊重民意为当然之事,而民主国家的官吏却以尊重民意为"失面子",呜呼,老爷的面子,岂可以不买乎!

　　马歇尔特使指责国共双方的宣传战,认为"此项仇恨与猜忌之轻率宣传,使目前之严重局势益形加剧"。被当作宣传对象的中国老百姓,请你留心看看,到底是谁在报纸上煽风拨火,唯恐天下不乱?必须记住,进行或挑拨内战的,无论何党何人,都是民众的敌人。

一九四六年五月二十三日

三六

　　傅雷先生在《论警管区制》一文(见《周报》

二十七期）中说："天下只有政党与政党为敌，决无政党与人民为敌。而我们中国竟有驱人民于敌党而自掘坟墓的事。真是何苦何苦！"论者谓为"千古名言"我亦云然。独惜我辈俱是一党不党的朋友，说也枉然。

谁都知道，一个政党没有人民拥护，结果将不可收拾；而政党之间的竞争方法，不在武力，不在强权，只在于谁能够赢得民心。政党中人如果连这点道理都不懂，那要这种政党干什么；如果明知故犯，悍然走"与民为敌"这条绝路，那就真是危危乎殆矣了。慎之慎之！

一九四六年五月二十四日

三八

今日的政治，已经黑暗到了什么地步，江西田粮处长程懋型的投水自杀，是一个很好的说明。

政府催逼军粮，老百姓却在饥饿线上。"身为国家官吏，对政府托付之任务，自应蹈汤踏火以赴；但又为人民公仆，尤不敢亦不愿为了达成自己的任务将人民陷入水火，逼得人家投水悬梁……"不能两全，他只好死！

我们禁不住要问：是谁逼得人民投水悬梁？是谁逼得这样有良心肯负责的官吏不能不决然自尽？

有血性的请想一想！有嘴巴的请喊出来！

我们控诉！控诉这吃人的制度，控诉这黑暗的一党政治，控诉万恶的反人民的内战！

我们清楚地记得，长春在共产党手里的时候，政府要"打下长春再说"。言犹在耳，现在长春"打下"了，又要"接收东北的主权"了。

谁的主权？国民党的主权吗？

全国同胞们，我们人民的主权到哪里去了？

一九四六年五月

四二

为了参加反内战游行，到处听见开除学生的消息。法律做了政治的附庸，势必是无权无势的良民吃亏；学校做了党团的尾巴，自然活该学生倒霉了。

随便开除学生，对学生将发生什么影响，我们的教育家想过吗？在这样的局势下开除爱国学生，更是一种不可饶恕的罪恶！

内战对中国有好处吗？对人民有好处吗？你们这种行为对得起良心吗？请你们深夜扪心，对自己作一次严正的反省。

为人师表而竟忘记真理，抹煞良心，拿学生来做牺牲羊，是道德的破产。

办学校而不问是非，不分皂白，只是屈膝于

党团势力之下，是教育的破产。

我真要为教育界召唤失去的灵魂了。

一九四六年七月十七日

四三

李公朴、闻一多二位先生被暗杀后，陶行知先生却因脑充血逝世了。

民主事业如此艰难，而民主运动的领导者，或则成仁，或则殉道，现在又有死于暴疾的，真令人感到无可奈何的哀痛。

抗战期间，闻一多先生清苦到饔飧不继。今年美国芝加哥大学请他去讲学，可是他拒绝了。他的理由是："国内情形这么坏，中国需要我，人民需要我，我不忍于此时独善其身，离国远去。"

陶行知先生逝世前二天，在百忙中把他的诗篇整理完成。理由是：时局这么坏，说不定什么时候都会遭暗杀，所以他急于要把能够完成的工作做完。

他们在死以前，想到的只是民主事业，而不是宝贵的生命。

但我们不能不痛加悼惜，在豺狼当道，人才寥落的中国，即以学术界的损失而论，这二位先生的谢世，也使我们禁不住同声一哭。

一九四六年七月二十六日

四六

苏浙皖区敌伪物资接收清查团团长张知本,对新闻记者发表谈话,颇致感慨于政治风气之败坏,以为中国不少好公务员,"耻为贪吏,难为廉吏",不得不离开政界,另谋出路,"实为国家之一大损失!"

这也真是难免使有心人扼腕,但症结所在,正在于今日中国的政治,只以一党一帮乃至少数人的利益为依归,而决不看重"国家之损失"!

中国之所以"豺狼当道"、"生人道尽"者在此!

但有时候为什么居然还要办几件惩戒案来玩玩呢?那也并非为了唯恐"国家之损失",而是为了骗人。所以有些天真的老百姓,以为国家胜利,海晏河清,不免想到"有冤报冤",检举起贪官污吏来,而揆其结果,不遭杀身之祸者几希!

今日之为政者,眼睛里哪有国家,更哪有人民!但凡能想到一点点,也就不至于在此创巨痛深、民穷财尽之际,轰轰烈烈地打内战了。

一九四六年八月十六日

整军方案签字

关于"军队整编及统编中共部队为国军的基本方案",经国共双方协议,于二月二十五日签字了。在东北问题闹得乌烟瘴气的今日,这也许是一服清凉剂。政协圆满结束,接着就来了一连串丑剧,说明我们政治正有两种相反的力量,一种是代表人民要求的民主力量,一种是争取党权私利的反动力量,在做着剧烈的争斗,反民主分子正竭其所能,破坏政协成果。

但是整军基本方案完成了。政府代表张治中将军和中共代表周恩来先生都欣慰地表示,十八年的武装斗争将从此终止,而和平民主团结统一的中国将从此实现。马歇尔特使热情洋溢,认为这方案代表着"中国的希望"。

是的,中国的希望完全寄托在两件事上:政治民主化与军队国家化。政协结果使民主政治透露曙光,也连带的使国化军队问题有了端倪。不过中国独裁政治,积重难反,无论整政整军,前途正满布着无穷困难。在这儿我们愿意全国爱好民主自由的人士，团结起来，协力促成这两件大事的实现。特别重要的，是注意顽固派波谲云诡，"出奇制胜"的战略。扰乱视线，转移目标，假爱国之民，行党争之实，就是他们最拿手的战略。

一九四六年三月二日

·柯　灵集·

民主花瓶

　　上海市临时参议会成立之后，正在连续举行会议。这是上海唯一的所谓"民意机关"，几天以来，若干参议员或则对市政踊跃发言，或则对民意多方征询，颇表现了一点热闹气象。但反过来看看上海市民对它的反应，却是照例的漠然与淡然。

　　上海之有参议会还是第一次，为什么我说"照例"呢？中国的人民是被欺压惯了的，一切政治上的把戏，虽然常常拿人民做幌子，实际上是把他们当垫脚石，踏着他们的脊梁骨爬上去，然后一脚踢开。这种经验一多，人民学乖。现在大家都在高呼着民主，但当政者一切的设施，明明白白，还只是欺骗，专断与强奸。最近无数团体的包办选举，就是一个明证。

　　临参会的议员，都是由政府圈定的，其不合民主法则，可以不赘。但它却堂而皇之地称为"民意机关"，又堂而皇之地宣誓"遵从市民公意"。而看看议员的名单，我们又不禁想起租界时代的华人纳税会来，如果我记得不错，其中有好几位正是纳税会中的委员。

在这里我得声明，至少笔者个人，并没有要对这些参议员们加以訾议的意思，我们坚决反对的是这种"优孟衣冠"式的制度，却并非个人。相反的，我们相信，在中国目前这种局势之下，但凡有一点点良知的国人，决不会对民主取亵渎的态度。而民主的实现，正需要每一个人都拿出力量来，即使一点一滴也好。尽管临参会的产生不合法，尽管它带有强烈的御用机关的色彩，对于多数参议员们，我们仍然不得不寄予若干的期望：第一，不希望他们真正尊重市民，至少希望他们尊重自己的良心，自己的地位，不要做成纯粹的"民主花瓶"，聊以点缀升平。第二，华人纳税会和临参会之间，究竟有很大的不同，有关市民的利益，希望能够尽可能争取。老实说，对这样的机构的本身，是不可能发生什么作用的，如果竟有所成就，那就非靠个人的努力不可了。

一九四六年四月六日

·柯　灵集·

歌　颂

　　一个在象牙塔里弄弄笔墨的人，对人生和艺术的态度，似乎多少带点"半吊子"的倾向。以扭捏为婉曲，以鄙野为粗犷，一不讨巧，还常常错把肉麻当作有趣。新近听了一首歌，我不由自主，被那伟大的单纯所征服了，禁不住要想用我苍白的声音来赞美它。那首歌是这样的：
　　反对内战，
　　反对内战。
　　要和平，
　　要和平！
　　反对内战，要和平，
　　反对内战，要和平！
　　要和平！
　　要和平！
　　一九四六年六月二十三日清晨八时，上海北站有一次十万人的大集会，欢送我们所推举到南京去做和平请愿的代表们上了车，然后浩浩荡荡，通过闹市，一直到西区的复兴公园才散会。游行在十一点出发，到下午四点多结束。沿路唱的就是这首歌。

这游行以男女学生为主，而融合了很多工人店员及职业青年的行列，本身就是一支雄壮的大合唱。我的职业使我惯于迟眠晏起，而且病足，所以没有幸运参加这个游行。下午两点多，行列通过办事处门口，才被这十万人合唱的歌声吸引到外面，激动地站在路边看。惊心动魄的大标语，临风招展的彩纸旗，人们沉重而庄严地向前走，那神情似乎是一种宗教式的感召，说：来呀，我们大伙儿把国家和人民救活过来！有一个学生团体，当头一幅横披，高高擎出鲜明的警句："从拳打脚踢下出来参加游行的××大学学生！"而全队每隔若干距离，就追随着几个护士装束的白衣少女，似乎又明白揭示着他们献身的壮烈心情。队伍刚停下来，一个女学生向人堆里撒一把传单，就开始她上海话的演说，简短，然而明了，富于煽动力，几乎每一句都点送到群众的心里。蓝布旗袍汗湿了一背，头发激越地飞动，那样子实在是动人！当队伍重新移动的时候，我情不自禁，从旁跟着他们走。

读者大概还记得，一九二七年，我们曾经流行过一首《国民革命歌》，随着革命军底定东南，这首歌像一阵风吹响大江南北，"打倒列强，打倒列强！除军阀，除军阀！……"街头陌上的野孩子也听得耳熟能详。歌词浅极了，每句重叠，只是两三个口号的堆积，然而它像是长了翅膀的，没有人能够抵御，只是为它欢喜鼓舞，仿佛听到了新时代的召唤。可是这歌声渐渐淡了，弱了，随着革命被出卖，它终于跟我们生疏到有如隔世。《反对内战歌》沿用了这个响亮的谱子，别人的感觉不知怎么样，在我听起来，却几乎每一个音符都充满着新生的愉快，特别是歌词，比前者还要干净、明快，而且无可比拟地精到！

反动的资产阶级是蔑视群众的，有组织的群众却是最火的力量，最高的睿智，一次群众行动就透露着有多少才华，多少智慧，更需要多大的气魄！以这一次游行为例，即使不能投身其间，站在旁边看看，心领神会，也叫你懂得许多。从复兴公园出来，一位朋友正好散队回家，我们走在一起，他是教师，实际自己还像学生，因为在烈日下跑了大半天，满脸晒得通红，一手揩汗，一面还滔滔汩汩，兴奋地叙说着许多真实的故事：学生如何如何地情绪热烈，组织严密，游行前一天学生会代表一度被捕，消息传到时大家如何失声哭泣。游行经过时路人如何如何地担茶送水，表示感激和欢迎。有一个参加游行的职业单位如何如何地设计周密，有纠察，有交通，还有庶务不断供应饮料点心乃至简单的药品。那行动的本身就带有创造的性质，使和他们首尾相接的队伍也享受许多便利。他说得很多，还说到那首歌，"真好，一学就会，路人也可以跟着来。他们还会即景生情，现编现唱，在火车站的时候，听说车子要停开，就有人引导大家唱'火车勿开，火车勿开，勿要跑，勿要跑！……'群众中有接应会开车的，后面两个叠句立刻改成了'自家开，自家开！'车终于开了，歌也就变了，已改了几个字：'火车开了，火车开了，去游行，去游行……'路上有人捣乱，临时又有一首：'打倒特务，打倒特务，要自由，要自由！……'他们真聪明，简直每个人都是天才！"有如那浩瀚的群众，他的感情同样单纯，同样明净。

也许这首歌太简单，我觉得正是简单的好。与其拜读文人学士摹拟的"大众文学"，——那亭子间里呕心沥血的产品，也许丰盈，多半是废话，不如多听几首这样的歌。不要小觑它！那样的简洁、明快、单刀直入，却又概括无余，意思都有了。即使在艺术上说，它也是无疵的。你听："反对内战，要和平！"一首歌，七个字，反反覆覆，唱出四万万五千万人的要求——素朴的心愿，然而是坚决的声音！

一九四六年七月十日

读报偶感

　　时局极度紧张，而蒋主席却上庐山避暑去了。这百忙中的一个闲笔，实在颇具"横看成岭侧成峰"之妙，往好处看是局势缓和，因为举国汹汹，主席竟有此豪情逸兴，足见大局有松弛之望。往坏处看是巧妙的拒绝谈判，我这里"悠哉游哉"，让你们"剑拔弩张"。

　　似是不论怎么看都好，事实已经清清楚楚摆在眼前，苏北大张旗鼓地打了起来，全面内战的爆发也已不远。

　　"前线"在打仗，"后方"则开始向民主势力全面进攻。

　　昆明在四天之中暗杀了民主同盟的李公朴和闻一多。民盟是一个民主的政党，并未拥有"武力"，自然不妨先除之为快。这种残暴的情形，较袁世凯的时代有过之而无不及。

　　上海虽然还没有见红，可是谣诼纷纭，言者凿凿。

　　"山雨欲来风满楼"，恶兆业已显现。反对内战的学生,已经受着围剿,到处压迫学校借故开除。许多工人也受同样遭遇。华夏书局被无端抄查了,抄去了无数民主书籍。而最骇人听闻的是,无党无派,纯粹人民立场的《文汇报》竟被迫停刊七日。

据《文汇报》登载启事,停刊的原因是:"以本月十二日本报《读者的话》栏所载警察来函两则,'淆惑社会视听,破坏公共秩序'。"但查十二日该报所刊警察来函,其一标为"警察的沉痛呼声:吃饭不要忘记种田人,拿出良心来待老百姓。"其一标为"警局巡官要求夏季制服免费。"两函内容一如标题,决计说不上"淆惑社会视听,破坏公共秩序",然而停刊了。

在这种情形底下谈新闻自由,是未免太迂阔了。专制暴政之下,是向来无所谓自由的。目前显然已经到了"翻脸不认人"的时候,绝计只有一条:就是看是否能表现民力,遏止乱源。(那可怕的内战!)否则这种恐怖情形,势必将逐渐扩大,逐渐加深。

一九四六年七月二十日

自侮与人侮

七月廿七日上海《大公报》社论,以《国际干涉之渐》为题,引证去年十二月莫斯科三国外长会议对中国问题决议,乃至最近美苏对中国内战不断的情势,议论纷纷,认为"已开国际干涉之渐",他们以为:"中国内战,若引起国际干涉,那是极可耻的。但国际干涉之来,却有充分的可能性。"由此推论并作结云:"全世界都厌恶战争,中国更应该厌恶战争;全世界都需要和平,中国更需要和平。世界无战争,我们犯不着首先制造战争,尤其犯不着愚蠢地做西班牙第二!快放下内战的手吧,一旦国际干涉到来,国家就更不成样子了!"

从《大公报》的社论来看,这无疑是态度较为公允的一篇。人民固然不要内战,政府也并不能从内战得利,这是这篇社论的基本立场。不料这篇社论偏偏引起了严厉的呵斥,廿九日《力行日报》庐山版,就有了一篇《纠正〈大公报〉卑怯与荒唐论调》的社论,声嘶力竭,说是:"我们从这篇社论的文字与精神上看得出《大公报》是兼具两种心理：第一是卑怯的情绪，第二是自私的动机，我们很率直地告诉读者，《大公报》是在期待着国际干涉，《大公报》是在期待着中国成为西班牙第二，《大公报》是在替共产党发动的内乱张目，是在夸张强权政治，恐吓我们中国的政府和人民。"该文并由中央社拍发专电，可见是足以代表"官意"的了。

自然，但凡有一点点自尊心的人，是誓死反对国际干涉的，别说国际干涉，无论哪一国来干预内政，我们一律反对。但反对自反对，干涉自干涉，假充激昂慷慨并没有用，要紧的是自爱，自尊，自重。如果只知道借重外力，发动内争，弄得天下嚣嚣，置公道于不顾，陷人民于水火，则外侮之来，只在早晚之间，这才足以使有心人痛心疾首。

《力行日报》以为《大公报》的社论兼具两种心理：第一是卑怯的情绪，第二是自私的动机。实在禁不住令人哑然失笑。卑怯和自私，正是今日好战分子的心理写照。《大公报》平日颇善于代政府巧言令色，不料一涉反对内战，一说国际干涉，竟引起如此的忌恨，也足见今日内战之势在必打，而好战分子虽然不惜出卖主权，恃外阋墙，又是如何地害怕所谓"国际干涉"了。

　　无论如何，人侮的造因必然是自侮，要避免干涉，还得赶快放下屠刀来！

一九四六年八月三日

打开心灵的窗

在人与人之间，任何连结感情的纽带，永远是要双方共同维护的。"尊敬"也是这样。除非在主奴之间，因为它只有奴隶和主子的对立，而失却了人的存在。

斧钺刀俎可以维持权威，却永远和尊敬背道而驰。背驰得太远的时候，权威也往往跟着瓦解。

低能的统治者总觉得自己在一切人之上，无条件的榨取与奴役，还要无条件地取得服从与信仰。这一种原始的天真办法，到现在还蓊蓊郁郁，蔓延在我们政治家的生命里，到处是尺寸一律的国旗，奉命欢迎的行列，到处是"陈诉箱"。——如果民众有冤抑，我们的法律呢？莫非真以为自己兼有包龙图的绝技，能够捉拿"落帽风"的吗？

在电影院里，夹杂在一切香艳肉感，匪夷所思的美国影片和唇膏、口香糖、丝袜、衬衣等等幻灯片的中间，也有着国旗、党歌，国父乃至元首的玉照，强迫那些为着消遣和逃避现实而来的看客，一一肃立敬礼如仪。把封建专制的仪节应用到无孔不入的现代广告学上，苦心可算是用到了家。可怀疑的只是这种做法取得的是什么效果？

谁曾体验过沦陷区的人民心理？一切后方政治家的姓名都是一粒星，向往的对象，光明的象征。那才真是可歌可泣的感情。然而在这样的现状底下，再遇到这种强迫性的敬礼，如果能衷心发出一点敬意，那倒是一个心理学上的大发明了。

"民主"在中国还只有一个朦胧的影子，这名词却几乎已经为人用滥，连痛恶民主的政治家都说得熟极而流了。我很想用不完全的观念为它下个简单的定义：所谓民主，首先应该互相尊重，承认每一个人有他存在的地位。

附记：这还是两个月以前的旧稿，应一位前辈之约而写的，用《打开心灵的窗》题名，预定写四节，撷拾一些愚昧的现象，说明我对它们的肤浅的意见。但写了两节，就搁下了，因为那位前辈所办的杂志已经无疾而终，这"心灵的窗"也终于没有"打开"。现在把第一节加以发表，并非是敝帚自珍，不过对自己曾经有过的一闪念，给它留下一个印记而已。

柯灵注
一九四六年九月四日

街头闲话

"失踪"案大白

接连发生的市民"失踪"事件终于大白于天下了。张莲华历劫归来,发表了她的控诉书。无数良善的市民、纯洁无辜的青年,被当作共产党捉了去,禁闭、恐吓、上电刑、坐老虎凳、灌开水,还要用毛巾包着头用筷子在两边绞,还要逼他们写"悔过书"、"自首书",承认自己为"共产党"。

且不必侈谈人身自由,请想想这是多么恐怖,多么野蛮的现象!

而在改组政府、高唱"民主"声中,内政部却因为上海的平剧、话剧,多以"讽刺政府,暴露穷困现实"为主题,认为"有损政府威信,动摇社会人心",电令本市当局,要加以取缔。

其实戏剧到底是戏剧,最无情的讽刺暴露,都在舞台以外。"失踪"案的暗无天日正是一例。这是可以使举世骇怪的法西斯作风,岂独"有损政府威信，动摇社会人心"而已。

我们要为人民请命：要挽回"人心"，请先留"人命"！

一九四七年四月十八日

人心思"汉"

袁逆履登更审，当他被押入法院时，旁听席上的袁门子弟，一律起立为礼。——这一立直立得人啼笑皆非。

"礼"失而求诸野，其此之谓乎？

袁逆的口供中，一再说到他是帮助老百姓的；这是一般汉奸公用的口头禅，不足为奇。可悲痛的是世情激变，人心思"汉"的迹象日益明显。忠奸之别，早非一般人的切肤之痛了。

然则又何怪乎袁门子弟在法堂上的肃然一礼！

一九四七年四月十九日

可怕的"救济"

有一位立法委员曾经力主发行大票，理由是携带方便。他举例说：譬如有人逛跳舞场，要带一大捆小票，多么累赘！

现在全国银联会也在"请求"发行大票了，这一回的理由正大得多,是为"救济"内地钞票恐慌。

消息传出,而股票大涨。

推测起来,大票恐怕是势在必发的了。政府凡有措施,只要看有什么堂而皇之的团体出来"请求",照例接着就要实行。内战扩大以前,全国纷纷通电"请求"戡乱,就是好例。而说到理由,大抵是要"救济"人民。

好可怕的"救济"!

挂冠而去

要蠡测一个国家的是否进步,只要看他们对待儿童的态度。看看小学教师的生活,也有同样的效果。

昨天的《联合晚报》有一则沈阳电,说明当地教育界的惨象:许多学校雇不起工友,只好由校长兼差,上课摇铃,下课扫地。有一位校长,深夜巡更,正好遇见梁上君子,一场恶斗,校长被打得腰腿皆折,只好"挂冠而去"云云。

当校长不是做官,是无"冠"可"挂"的。如果有,那该是"冠冕堂皇"的"冠",就是"教育第一"的这顶大帽子了吧?

然而就是这么困苦的职业,似乎也不易得。本埠小学教师进修联合会正在调查失业教师,就是明证。

我们还有什么话可说呢!

一九四七年四月二十日

大 与 小

几年来尽听说发大票。战祸不止,大票不死,这也正是势所必至,理有固然的事。

论数字,一二千元票面的纸币,何尝不大;现在却已经觉得它小了,要万元票才算"大票"。当然,若干时候以后,万元票也要返老还童,变为"小票"的。

钞票一大,物价照例跟着涨起来;物价一涨,就又要发更大的大票。这"连环套"再演下去,眼见得就要发十万百万票面的钞票,开古今中外之先例,可以执一票而小天下了!

小民无知,只有一句话想问问大人先生们:这么下去,如何是个了局?

即使百姓不被这些大票压死,政府怕也要被它拖倒了吧?

男 与 女

男女同学早已不成问题,现在教育部又主张

实行男女分校了。昨天本报星期座谈，对这个问题有详明的剖析，可供大家参考。

教部的训令中有云："男女分校，因材施教，于适应个性差异之中，原寓力谋机会均等之意。"想来想去，研究不出道理。所谓"材"，所谓"个性"，都不以男女而别，又何所据而分别施教呢？

谈到男女问题，目前所需要的，也还是"男女平等"的老题目。——是真的，实实在在的平等，因为我们是连民主和治病的药都有真假的国家。实行男女分校的结果，不过减少许多女孩子求学的机会而已。

僧 与 尼

自从有人类以来，有男女的地方就有恋爱纠纷。男女相悦绝不是问题。

要使两性关系合理化，只有彻底撤除两性间的藩篱。犹如防水患，最要紧的是疏导。越把男女关系看得秘密，越容易发生陆离光怪的事情。如果男女分校志在"防止"，那真是大错而特错了。

一个古老的笑话：有一位道德高僧，临死时痛苦万状，怎么也不能寿终正寝。因为他一生没有见过女人的秘密,因此念念不忘。徒弟们看他可怜,就设法弄了一个妓女,脱掉衣服,让他开眼。高僧看了看说:"哦,原来是和尼姑一样的。"

这也许拟于不伦,未免轻薄,罪过罪过!

一九四七年四月二十日

自治乎? 被治乎?

某大学改选学生自治会干事,发生互殴,为的是有少数学生反对普选。别的许多大学也都有类似的纠纷。

普选要反对,怎么样才赞成呢?

我们以为:自治会的干事,自以普选为妥。若,系"被治会",则钦定、圈定、指定,或自选、互选乃至贿选,均无不可耳。

房 荒

上海房地产公会提出救济房荒意见三点,请求政府采纳。

其实上海何尝房荒!平民虽立锥无地,而达官贵客,巨宅连云。所"荒"的,是平民没有金条而已。

票　荒

万元大票昨天终于发行了，自然是为了救济市面的"钞票荒"。

呜呼，何尝"荒"呢，太多罢了！

而钞票多，据说"决无影响市场之虞"。物价激涨，乃是"投机分子蠢蠢思动"之故。

可怜的"投机分子"——替罪的羔羊！

中国的"国情"

美水手偷运香烟，为海关所获，供说是"不明中国报关手续"，故未照规定纳税。

莫非美国的海关，货物进口，是不必纳税的吗？

而平津记者参观塘沽新港码头工程时，竟遭美兵持枪阻止。这些美兵，仿佛又是深通我们的"国情"，知道在中国领土上侮辱侮辱中国人，是毫无关系的了。

再说下去，恐怕又有"反美"嫌疑，而"反美就是反祖国"了。阿弥陀佛！

一九四七年四月二十三日

男女"征友"

《大晚报·编者小启》云:"本栏自日前公开发表,愿代男女双方征友,以慰藉人生苦闷后,近日生意颇感兴隆,容当一一发表,祈应征者万勿催逼,又要者,据编者经验,理想情侣必须自己找求,托人家介绍而认识的终不可靠,这不是自己拆自己棚脚,证之事实,确有许多不便也,唯春色撩人,人生寂寞,如读者确感迫切需要者,本栏决将优先发表,决不黄牛,此启。"

此亦社会一相也。用为转录,以告世之绅士淑女。

一九四七年四月二十四日

走投无路

京沪路火车又出了轨。原因是枕木陈腐,钢轨太旧。

中国铁路本来寥寥无几,因为内战,几条干线不是你修我拆,就是我修你拆,真弄得"肝肠寸断",泗涕无由。江南总算是天堂,不料京沪沪杭两路,也是这样的"多愁多病",弄得人走投无路。

分一点打架的力气出来,不谈复兴建设,像

慈善家一样，下点修桥补路工夫，行行好，积点德吧。

饿 殍 多

据普善山庄统计，饿殍日见增加，本月份打破纪录。

照现状观察，以后饿殍一定还要多起来，同样的，自杀案和窃盗案也要多起来。但在这三多之中，恐怕也只有最后的一多还能使达官贵人一顾；饿殍再多，在他们看起来，也是一件无关宏旨的事。

伪 币

印刷纸张如是之昂贵，法币价值如此之低落，还有人甘冒大不韪，印制伪币，足见"印钞票"生意之好做了。

道理很简单：因为它无须准备金。也就是所谓"无本钱生意"。

可怕的是，钞票无间真伪，这道理一样通用。略略一想，就要令人毛骨悚然，觉得鉴别都是多余的了。

一九四七年四月二十五日

免于饿死的自由

颇想提倡一种运动：免于饿死的自由。

但又真怕政府忽然会定出这样的法律来：凡要求免于饿死而其中显有"政治阴谋"者，处以辟谷之刑。

一九四七年四月二十六日

先　　例

中航公司沪兰班机失事，撞死乡民三人。公司对于赔偿问题，因为航空法上并未规定，认为无此先例，尚在考虑中。

其实，汽车撞死人是常事，飞机撞人，何尝有"先例"呢。

对于一切无辜的被损害者，似乎总应尽其所能，予以补救。这纵然于"法"无据，在道义上却是必要的。

弱者的悲剧

弱者的最后的武器是自杀。但这只是一个微弱的道德上的控诉，对于强者，对于这人吃人的社会，依然不能撼动分毫。如果真要反抗，还得放下这无力的武器。

一九四七年四月二十七日

《秋海棠》官司

女弹词家范雪君的《秋海棠》官司，扭扭结结，到现在还没有打清。

一般卖艺的女性，在有些人的观念里似乎永远只有两种作用：一是当玩物，一是当摇钱树。不然就加以践踏。

《秋海棠》官司所控告的是"违背契约"，情形自然不同。但我们想：卖艺女儿面对广大的群众，尤易成为众矢之的，少给一点麻烦，也是我们应有的风度吧。

一九四七年四月二十八日

解　　冻

劳资纠纷多起来了。

根据"经济紧急措施方案"，怠工罢工都是禁止的，看来这个禁例，要无形中解冻了。虽则生活指数直到今天还是冻结的。

我们不妨在此做个预测：如果"生活"不能

冻结,"指数"必将解冻。

世上没有一种力量可以抵御饥饿的进军!

粉饰太平

沪江校政会实施"美化校园",斥巨资,购园树,大兴土木,修葺江滨;而宿舍破旧,置之不顾,致使女佣捕鼠时踏穿楼板,直从五层楼掉到了四层楼上。

装修门面、粉饰太平是"政治家"的事,希望教育家不要学样才好。"万世一系"的皇朝胜景恐怕永不回来了,而教育则到底是"百年树人"的大事业也。

一九四七年四月三十日

卖淫也要合法

娼妓,是可以公开存在的;一为暗娼,却就要取缔。其不同处只在是否献了花捐。此种现象,论"法"或者甚合,若以论情理,又何其乖谬而离奇!

一个舞女而兼卖身的,不幸初次卖身,就身罹法网,她的供词是"实因生活煎迫,子女成群,迫不得已,出此下策"。试想一个子女成群的妇人，如果打起招牌，彰明较著地做起花姑娘来，是什么情境？

这社会几乎什么现象都是不可究诘的，然而偏要事事求其"合法"，连女人出卖她最后的求生资本都必须符合一定的方式。如此护"法"，其如真理与道德何！

一九四七年五月

拘役与羁押

上海地方法院审讯一个十六岁的小偷，法官当庭判处拘役三十天。小偷闻判，满脸惊疑道："老爷，我已经被押四十天了。"

治安机关捕获人犯，例须于二十四小时内移解法院，是众所周知的事。法院开审以前的侦查手续，依法须要多少时间，我们不大清楚。但一个未成年的小偷，充其量不过是三十天拘役的"滔天大罪"，一押却押了四十天。这一笔账该怎么算？

官府办事，大都以慢为贵，法院似也不能例外。而百姓不沾衙门的古老传统，直到今天也还用得着，懂得这种诀窍，比懂得"民主"、"人权"的道理要便宜得多。

饥饿游行

南京中大等四大学学生近四千人,要求提高副食费,举行饥饿游行。这种游行,在学潮史上还是个创举。

中国目前似乎只剩下两种人了:一种是少数的有钱人,营营扰扰,在忙于如何保持他们的币值;一种是大多数的孳孳矻矻,在忙于如何填饱他们的肚子。学生本可超然于两者以外,现在也卷入了饥饿的行列,足见事态之严重。

如何疗饥,今日显然已不是几句官话所可解决的问题了。

一九四七年五月十六日

禁演《万元钞票》

无锡教育学院学生举行同乐晚会,将演独幕剧《万元钞票》,却忽然收到了三青团的恐吓信,不准该剧上演。结果自然免不了又是"风潮"。

民众反对发万元钞票,政府不顾一切地发行了;现在学生要演《万元钞票》的话剧,却偏又有人出来阻止。

当政者有时出乎意外地怕事,有时却又出乎

意外地多事。在这种情形底下,叫青年们怎么办?

一九四七年五月二十一日

秩 序

学生运动风起云涌中,我们听到了政府"维持秩序"的呼声。

这仿佛是说:我们本来社会是很安定的,法纪是很整肃的,我们本来是一个很有秩序的国家,可是给学生搅乱,所以政府不得不出来挽回颓风,加以"维持"。

但这是事实吗?社会混乱,法纪败坏,目前的确到了极度;然而造成这种情形的,负责者难道就是学生吗!

要"维持秩序",请先认清目标。

美货潮

美国货依然源源不绝,如潮涌而来,单是牙签一项,就有六百余大箱之多。

请想一想吧,我们连牙签都要用美国的了。

这才是一种可怕的"潮",比"学潮"可怕多了!

一九四七年五月二十二日

打风满学府

  日来各学校打风颇盛。许多学生都挨打了，挨打之后，不免坐"互殴"之罪，遭受处分。

  对付学生的方法，总算是苦心孤诣，用到了家。但我还不免是这个疑问：究竟有什么用呢？

  学生的口号是"反内战，反饥饿，争自由，救教育"！

  立场鲜明，内容简单。除非从理论上驳倒它，在事实上否定它，否则一切努力，徒劳而已！

弯曲的云彩

  沔阳县中学的一位美术教师，因为主张"学术应该自由，党团退出学校"，忽遭逮捕。

  照这情形看，那么他们是主张"学术应该独裁，党团盘踞学校"的了。然而不，那罪名是：该教员为学生壁报所画之报头风景画，天空云彩弯曲，形似苏联旗之镰刀云。

  原来现在连云彩都不能弯曲了。

  也可见这实在不是讲理的时代！

人肉新价

　　湖南荒歉，有忍痛卖女者，长者年十四五，售五万元；幼者十岁左右，得款三万。

　　比上海的猪肉似乎便宜多了。谨录于此，以供他年修中国"民主史"者参考。

一九四七年五月二十三日